王子と宰相の恋煩い

やり手宰相は初心で健気な王子の純愛に絆される

名倉和希

illustration：逆月酒乱

王子と宰相の恋煩い

やり手宰相は初心で健気な王子の純愛に絆される

金剛石《ダイヤモンド》をはめこんだ黄金の王冠が、陽光をはじいて輝いている。

赤銅《しゃくどう》色の豊かな髪もまた鮮やかで、ロデリックの母は堂々と露台《バルコニー》に立っていた。

「女王陛下、万歳！」

「ベアトリス女王陛下、万歳！」

在位十周年記念式典のため、王城の一部が市民に開放されている。集まった人々は露台に姿を現した女王に熱狂的な声を上げた。胸元に宝石が縫いこまれたドレスは優美だが、リボンがあしらわれた袖から伸びた女王の腕は逞《たくま》しい。肌も全体的に浅黒く日に焼け、髪と同色の瞳は眼光が鋭かった。国を守るために、つねに体を鍛えて戦う君主であることを示している。

その半歩後ろにひっそりと立っているのは、王配ディクソン。女王の夫はすらりと背が高く細身で、金髪碧眼《へきがん》の優男だった。

女王の右脇に立つ王子ロデリックは、顔も体格も父親似だ。しかも成長途中で来月には十八歳の誕生日を迎えて成人するというのに、小柄で細身だった。筋肉がつかないように運動を制限されているせいで、フリルたっぷりのドレスがよく似合っている。

対して女王の左脇に立つ王女ジェニファーは母親似だった。双子の王子とおなじく来月には十八歳になる。日々、体を鍛えているだけでなく、生まれ持った逞しさのおかげで騎士服がとんでもなく似合っていた。

「女王陛下、万歳！」

集まった市民たちは女王しか見ていない。平和を維持し、国民を飢えさせないように国政をとりしきる女王へ絶大な信頼を寄せているのがわかる。女王が産んだ双子が性別を入れ替えて人前に出ていることなど、気づきもしていないようだった。

ロデリックは息苦しさに耐えながら、顔だけは微笑《ほほえ》みを絶やさないように努力していた。

女装歴はもう七年以上になる。十歳のときから人前ではジェニファーのふりをしているから、仕草や話し方はもう板についたものだ。けれどさすがにもうすぐ十八歳になる男子。細身でも骨格が成人に近づいているせいか、ひさしぶりのコルセットがきつかった。

「殿下、もうしばらくの辛抱です」

背後から囁《ささや》かれ、ロデリックはハッとした。耳に吐息を感じて、にわかに鼓動が激しくなってしまう。思わず振り返り、背後に立つ男を見上げた。

「殿下、前を向いてください」

銀髪灰青色の瞳を持つ偉丈夫が、やや背を屈《かが》めてロデリックにまた小声で告げてくる。

女装のために金髪を長く伸ばしているロデリックは、その髪を母のように優雅に結っている。両耳とうなじは露《あら》わになっていて、そこが動揺のあまり赤くなっていないか気になった。

ロデリックより頭ひとつ分は背が高いこの男は、宰相ヒース・オルムステッド。文官の頂点に立ちながら剣士のような体格を誇る、ダヴェルニエ王国の頭脳だ。八年前、はじめて会ったときから体格はまったく変わっておらず、三十代半ばになっても筋骨隆々としている。宰相として多忙を極めているのに、日々、剣の鍛練を欠かさないという。

「殿下?」

いつもは宰相にふさわしい黒と灰色の地味な長衣姿のヒースだが、今日は式典用にやや派手な衣装を身にまとっていた。黒地に襟と袖だけ金糸で刺繡《ししゅう》をほどこされた長衣は、ヒースの凜々《りり》しい顔立ちによく似合っている。

いつもとちがうヒースに、ロデリックはうっかり見惚《みと》れてしまいそうになる。

「殿下、前を向いて、笑顔を」

ロデリックの心を乱れさせた張本人が、また囁いてきた。ロデリックは視線を断ち切るように前を向き、後ろ手でヒースの胴体を押しやった。これ以上、耳に囁かれては心臓に悪い。しかし、手に伝わる筋肉に覆われた頑健な感触に、ドキッとしてしまう。本当ならロデリックの非力では押しのけられる体格の持ち主ではないのだが、「離れて」と言ったらすんなり引いた。

「失礼しました」

すっと気配が遠ざかり、ロデリックは残念な気持ちになる。近くからいなくなってしまうと、とたんに心細くなってしまうのだ。

やっと露台から下がることを許されたとき、ロデリックはヒースの姿が見えなくなっていることに気づいた。

「どうしたの、ロデリック」

近寄ってきたジェニファーが尋ねてくる。

「ヒースがいない……。さっきまでそこにいたのに」

「ヒース？　今夜の晩餐会《ばんさん》を控えて忙しいだろうから、執務室へ戻ったんじゃないの？」

「そうかな」

ロデリックが離れろと言ったから、早々に行ってしまったのかもしれない。

「あいつのことなんか気にする必要はない。ほんと、ロデリックは趣味が悪いんだから」

そんなふうに言わなくても、とロデリックは唇を尖《とが》らせる。

「そんなことより、晩餐会の時間まで、部屋で休もう。コルセットがきついんだろ？」

「うん……」

「入れ替わりもあと一カ月の辛抱だ。おたがいに頑張《がんば》ろう」

励ますように妹に言われて、ロデリックは頷《うなず》いた。


ロデリック・エインズワース・ダヴェルニエは、ダヴェルニエ王国の二十七代目君主ベアトリスの第一王子だ。王国は地形的に恵まれた場所にあり、農耕に適した平地と水量が豊かな川、鉱脈を有する山脈がある。国は適度に富み、芸術分野も成熟していた。

周辺諸国とは外交努力によって友好関係を保っており、先代から三十年以上も平和が続いている。

五百年の歴史を持つダヴェルニエ王国だが、エインズワース王家は約二百年前からだ。それ以前はベックフォード王家によって統治されていた。

約二百年前、愚王が三代続いたベックフォード王朝は内紛によって崩壊寸前になった。王族たちは殺し合い、後継者が死に絶えたとき、国内貴族へ嫁いでいた当時の王妹が国のために玉座に就いた。それがエインズワース王家のはじまりだった。

聡明《そうめい》で勇敢だった新女王は、武力でもって内紛を鎮圧し、誠意をもって荒れた人心を掌握し、うまく国政の舵《かじ》をとった。

それ以来、ダヴェルニエ王国は女王が治める国となった。

現国王ベアトリスが戴冠したのは十年前のこと。ロデリックとジェニファーの双子は七歳だった。王太子は王女のジェニファーで、ロデリックは学業に励み、知識を身につけ、大人になったら妹を支えていこうと幼いながらも決意していた。

二人きりの兄妹は仲がよかった。いつも二人で遊び、二人いっしょに家庭教師から学んだ。

母は即位前の王太子時代から多忙だったが、時間が許すかぎり子供たちの話を聞いてくれたし、父は乳母とともに双子の育児を担ってきた子煩悩な人だった。女王の家族四人は、愛情で結ばれていた。

ヒースとはじめて会ったときのことを、ロデリックは昨日のように鮮明に覚えている。

八年前、老齢にさしかかった宰相に後継者候補として指名されたとき、ヒースは弱冠二十七歳だった。高位文官の中でも飛び抜けて優秀で、近衛《このえ》騎士並みの剣の使い手だと聞き、ロデリックは素直に格好いいと思った。

宰相補佐の任に就く前、ヒースは非公式に女王に面会した。そのときロデリックとジェニファーは母の横に座っていた。

ヒースは女王にひととおり形式ばった挨拶をしたあと、ロデリックとジェニファーの前に膝をついて目線を合わせ、優しく微笑んできた。

銀色の髪はきれいに後ろへ撫《な》でつけられていて、秀麗な額が露わになっている。眉と灰青色の瞳はやや吊《つ》り上がっていて凛々しく、大きな鼻と口は豪快さの表れのように見えた。

「ロデリック殿下、ジェニファー殿下、はじめまして。どうぞヒースと呼んでください」

「ヒース……」

「はい」

静かに頷いたヒースに、ロデリックは強烈に惹《ひ》かれた。

ヒースはロデリックが欲するものをすべて持っている。

双子の妹に母の腹の中で養分を吸いとられたと乳母に言われるほどロデリックは華奢《きゃしゃ》な少年で、元気に庭を走り回るジェニファーの方が体力があった。いつか逞しい男になり、自分たちを守ってくれている近衛騎士のように剣で妹を守りたいと思っていたロデリックにとって、ヒースは理想そのものの大人の男だったのだ。

しかも体力だけでなく知力もある。その若さで宰相補佐になることがどれほど凄《すご》いことなのか、まだ十歳だったロデリックには想像することしかできなかった。けれど聡明そうなヒースの目に、震えるほど感動したのだ。

このときベアトリスは即位してまだ二年目で、今後のヒースの働きに大いに期待していた。

当時、国際情勢は不穏だった。国境を接している隣国二カ国間で小規模な戦争が勃発しており、ダヴェルニエ王国も巻きこまれる可能性があった。そんな中、緊迫した隣国情勢に落ち着きを欠いていた隙を狙《ねら》われ、女王ベアトリスの身近に暗殺者が送りこまれる事件があった。

暗殺を企てたのは、二百年前に消滅した前王家ベックフォード家の復活を願う政治集団の中の「過激派」と呼ばれる一味と思われた。

ベアトリスだけでなく王太子ジェニファーも標的だったことが判明し、重臣たちは震撼《しんかん》した。

女王はまだ二十九歳と若かったが、双子を産んだあと二度も流産を繰り返しており、医師から今後の妊娠出産は望めないという診断を受けていたからだ。ジェニファーが凶刃に倒れでもしたら、王女がいなくなってしまう。国が揺らぐ。

もしもの場合は一時的にロデリックが王位を継ぎ、女児が授かるのを祈るか――と今後についての会議が紛糾したとき、宰相補佐のヒースが提案したのが、双子を入れ替えて王女の命を守るというものだった。

つまり王女が人前に出なければならないときはロデリックが女装してジェニファーの身代わりになり、ジェニファーは男装してロデリックに成りすまし、危険から遠ざかるというものだ。

十歳になったばかりの双子はまだあまり公式の場には出ておらず、ロデリックとジェニファーの容姿がまったく似ていないことは広く知られていなかった。いまなら身代わりが可能だと思われた。

「私にとって、二人とも大切な子供だ。ロデリックをあえて危険な目にあわせることなど許せない」

女王はその案に反対したが、重臣たちの大多数が賛成した。

前王朝が潰《つい》え、新王朝が立ち上がったとき、二度と愚王による混乱を招かないよう、貴族たちによる議会を設けてなにごとも話しあって決定するように法改正をしていた。最終的な裁量権は女王にあるが、議会の決定を無視することはできない。ロデリックをジェニファーの身代わりにするという案を、女王は検討しなければならなくなった。

身代わりになるということは、ロデリックの命がつねに危険に晒《さら》されるということだ。女王は熟考の末、苦渋の決断をする。ヒースの案を受け入れたのだ。

即位して二年目のベアトリスは、国内の「過激派」を厳しく取り締まれる強権を発動できるほど余裕が、まだなかった。引き継いだばかりの国政に注力するだけで手一杯だったのだ。あと数年の猶予があれば、「過激派」だけでなくその大本である「前王朝復活を掲げる政治集団」を叩《たた》き潰すだけの力をつけることができるだろう。

それまでのあいだだけ、と女王は自分に言い訳をした——と、後にロデリックに述懐している。

いったいだれが当事者であるロデリックに説明するのか、という問題に対しては、提案したヒースが責任をもって話すと自薦したのだと、ロデリックはあとで聞いた。

王城の居室まで訪ねてきたヒースを、ロデリックは笑顔で出迎えた。わざわざヒースがここまで足を運んだ理由を知らず、自分の部屋にヒースが来たのははじめてだったため、ただロデリックは嬉《うれ》しくて舞い上がっていた。

「ぼくね、いま茶葉の産地の勉強をしているんだ。おいしいお茶を淹《い》れてもらうから、こっちに座って」

侍従たちがお茶の用意をしてくれたテーブルにヒースを促す。十八歳も年上のヒースはロデリックの母と同年代で、とんでもなく大人だ。体も大きい。ロデリックの体格に合わせて揃《そろ》えられたテーブルと椅子が、ヒースには小さかった。それが面白《おもしろ》くて、クスクスと笑った。

「殿下、本日は大切なお話があってお邪魔しました」

「うん、なに？」

「私からお願いがあるのです」

「お願い？　ぼくに？　ヒースのお願いなら、ぼくはなんでもするよ」

わくわくしながらテーブルに身を乗り出したロデリックに、ヒースは苦笑いした。そして静かに、身代わりの話をはじめる。ロデリックは頷きながら聞いた。

話の内容は難しくなかった。

「つまり、ジェニファーを守るために、ぼくがドレスを着てジェニファーのふりをするんだね」

「そうです。一日中ではありません。公式の行事にご出席なさるときだけです。それに、ずっと、ではありません。殿下は男児ですので、成長するにしたがって身長が伸び、逞しくなっていきます。どこかの段階でドレスを着ていても王女には見えなくなるでしょう」

そのあいだに女王が「過激派」を抑えこむ算段をつけるはず、とヒースは教えてくれた。

母ならきっと悪い奴《やつ》らを捕まえてくれるだろうと、ロデリックは信じて疑わなかった。ベアトリスは強くて賢い。女性でありながら剣の鍛練を欠かさないことを知っていたし、難しい政策をつねに考えて大臣たちと討論していることも聞いていた。

そんな母を父は尊敬していて、ロデリックとジェニファーに母の偉大さを語ってくれていた。

母の後を継ぐのはジェニファーだ。妹は母に似て体が強い。ロデリックよりも剣の扱いがうまく、乗馬も高い障害物を軽々と飛び越えられるほどに上手だった。二人はいつもいっしょに勉強をしているが、ジェニファーはじっとしていることが苦手だと言いながらも学んだことはすぐに覚えてしまい、教師を驚かせている。

ジェニファーはきっと母のような素晴らしい女王になるだろう。だからロデリックは、ジェニファーのためなら身代わりになってもいいと思った。

それに、ヒースに頼まれたら、断れるわけがない。ロデリックはヒースを失望させたくなかった。

「いいよ、ぼく、やってみる」

即答したのに、ヒースは表情を曇らせた。

「いいのですか？　身代わりは危険なのですよ」

「わかっているよ。でもジェニファーのためなんでしょ？　それに、ぼくが引き受ければヒースはうれしいよね？」

「……はい、嬉しいです」

「だったら、やるよ。いつからやればいいの？」

ヒースの役に立てる。ロデリックはやる気に満ちていた。

翌日にはジェニファーのドレスを試しに着たり、可愛《かわい》らしい靴を履いてみたり、侍女に髪を結ってもらったりした。ジェニファーは逆に詰襟のロデリックの服を着てみた。おたがいの姿を褒めあってはしゃぐ双子を、両親が複雑な表情で見ていたことを覚えている。

ロデリックは剣の鍛練や乗馬の代わりに、女性側のダンスの練習をしたりピアノのレッスンをはじめたりした。ヒースを呼び出して、たびたびダンスの相手をさせたが、彼はロデリックの頼みをほとんど断らなかった。

おそらくロデリックに危険な身代わり役を引き受けさせた負い目だったのだと思う。けれど当時のロデリックはそこまで考えがいたらず、ヒースとの距離が近くなったことに浮かれていた。

ヒースはダンスがとても上手だ。剣の使い手でもあるからか、足運びが軽くて勘がいい。ロデリックとの身長差をものともせず、華麗にリードしてくれる。ヒースの逞しい腕に腰をホールドされ、ドレスの裾をひるがえしながらステップを踏む。密着していられるダンスの練習時間が、ロデリックは大好きだった。

「いつもぼくの練習相手になってくれて、ありがとう。ヒースのおかげでずいぶんと上達したように思う」

練習後、侍従が用意しておいてくれた冷たい果実水で火照った体を休めているとき、ロデリックはヒースを労《ねぎら》った。あれだけくるくると踊り回ったのに、ヒースは汗ひとつかいておらず、冷静な顔をしている。体力の差を見せつけられて、ロデリックは「さすがだな」と心の中で感嘆した。

「殿下は筋がよろしいです。こんなに早く女性側のダンスが上達なさったのは、ひとえに殿下の努力のたまものだと思います」

その通りだ。ヒースに来てもらうまで、ダンス教師を相手にさんざん練習した。下手なステップでヒースの足を踏まないように、華麗に踊ってみせて褒めてもらうために。

「ただ、殿下はまだ舞踏会でダンスを披露するお歳《とし》ではありません。これほど根を詰めなくとも大丈夫ではないですか？」

「あ、うん、それは、わかっているけど」

ロデリックは慌てて、「ジェニファーの身代わりを完璧にするためには必要かと思って」と言い訳をした。

ダヴェルニエ王国では成人の二、三年前くらいから社交界デビューの準備をはじめる。つまり十五、六歳だ。そのくらいの年齢になるとダンス教師をつけ、挨拶の仕方から貴族名の暗記など、社交の場での振る舞い方を学習する。

つい先日、十一歳の誕生日を迎えたばかりのロデリックに、ダンスの習得は早すぎた。単にヒースを呼び出す口実がほしくて思いついたことだったのだが、それが見透かされていたら恥ずかしい。けれど、ロデリックの思惑を察していても呼べばきっとヒースは来てくれるだろうという甘えがあった。

ピアノの練習の成果を聞いてほしい、と呼んだこともある。

ヒースは博識であらゆる分野の雑学が豊富なのに、なぜか芸術音痴だった。それを、ロデリックはそのときに知った。過去から現在までの芸術家については詳しいけれど、鑑賞ができなかったのだ。名画が名画たる由縁を知識として知っていても、心を動かされることはなく、音楽を聴いても楽しいとか素晴らしいとは思ったことがなく、退屈なだけらしい。

ロデリックがピアノを聞かせたとき、間違うことなく曲を弾ききってヒースを振り返ると、彼はなんと椅子に座った状態で居眠りしていたのだ。部屋の隅に控えていた侍従に目で問うと、困惑顔で「ずいぶん前からお眠りに」と教えてくれた。

そんなにつまらなかったのかと泣きそうになった。ヒースに聴いてもらうためにたくさん練習したのに、と。

ヒースは音が止《や》んだことで目覚め、目に涙をためて震えているロデリックを見つけて困惑していた。

「殿下、どうかなさいましたか」

「ぼくのピアノ、よくなかった？」

「ああ、それは、ちがいます。誤解です。あの、私は――」

ヒースは焦った様子で自分が芸術音痴であることを打ち明けてくれた。どれほど素晴らしい演奏を聴いても眠くなるらしい。唯一の弱点だとこぼしたヒースが、なんだか可愛かった。

「これは私の重要な秘密です。だれにも言わないでください」

「うん、だれにも言わない」

二人だけの秘密の共有。ロデリックは胸がわくわくした。

それ以降も、ロデリックはヒースを呼んでピアノの演奏をした。当然のようにヒースは居眠りをする。彼には子守歌のように聞こえるのだろう。じっくりと聴いてもらうよりも、ヒースがすやすやと眠ってくれる方が嬉しかった。ヒースが眠りに誘われるということは、ロデリックのピアノが耳に心地いいということだ。忙しい彼の憩いの時間になれば、とも思った。

ロデリックは愛の歌を延々と弾き続けた。

身代わりの成果が出たのは、その半年後だった。

父に連れられて、ロデリックは王立音楽院の定期演奏会へ出かけた。母も出席予定だったが急に隣国から使者が来て、用事が済みしだい合流することになっていた。妹は今朝、微熱があったので大事を取って外出を取りやめた。

ロデリックはジェニファーのドレスを着ていた。父が「可愛いよ」と言ってくれたし、見送ってくれたヒースにも「よくお似合いです」と褒めてもらえて気分がよかった。

その日は入れ替わって人前に出るのは三度目で、いまのところ女装はだれにもバレていないようだ。いままであまり公の場に出ておらず顔を覚えられていなかったことにくわえて、王族は至高の存在であり、その姿を間近で凝視することは不敬にあたると教えられている人々はいつも深く頭を下げているため、双子の王子と王女の顔などよく見ていなかったのだ。

過去の二回では、無事に身代わりを済ませたら、ヒースはロデリックを労ってくれた。

「素晴らしい王女ぶりだったと聞きました。あなたにしかできないことです」

踵《かかと》の高い靴で疲れた足を投げ出して座っていたロデリックに、ヒースはそう言いながらお茶を淹れてくれたり、髪飾りを外してドレスを脱ぐのを手伝ってくれたりした。まるで侍従のように傅《かしず》いてくれるヒースに有頂天になったロデリックは、「ぼくができることならなんでもやるからね」と約束した。

（今日もお城に戻ったら、ヒースがお茶を淹れてくれるかな）

ロデリックは演奏会が終わったあとのことで頭がいっぱいだった。

劇場に到着し、父に続いて馬車を降りたとき、右手側でワッと声が上がった。何気なくそちらに視線を向けたロデリックは、近衛騎士と数人の暴漢が揉《も》みあっているのを見た。キン、と剣と剣がぶつかる金属音もして、驚いたロデリックは棒立ちになる。

ひとりの男が近衛騎士の脇から飛び出してきた。剣を振り上げ、ロデリックに斬りかかってくる。

「おまえが死ねば女が玉座に就く時代は終わりだ！　死ね！」

白刃に陽光が反射するのを、ロデリックは立ち尽くしたまま見つめることしかできなかった。

「殿下！」

駆け寄ってきた近衛騎士がその男の刃《やいば》を自分の剣で受ける。ガチン、と凄い音がした。別の騎士がその男を横から斬った。バッと血飛沫《しぶき》が散る。石畳に血が飛び、ドレスにも届いた。ジェニファーのドレスに血の染みがついたことに、ロデリックは悲鳴を上げそうになった。

「殿下、乗ってください、早く！」

馬車の御者が叫び、ロデリックは父に抱き上げられ、降りたばかりの馬車にまた乗せられる。扉をきっちりと閉めた父は、内側から鍵をかけた。すぐに馬車が動き出す。

「ロデリック、ケガはないか？　大丈夫か？」

父がロデリックを抱きしめながら尋ねてきて、がくがくと頷いた。

近衛騎士が間に合わなかったら、あの剣はロデリックの頭に振り下ろされていただろう。もしそうなっていたら、この日このときで、ロデリックの人生は終わっていた。身代わりになるということは、こういうことなのだ。

王城に戻った馬車から、ロデリックは父に抱きかかえられて降りた。すぐに居室へ連れて行かれ、医師が呼ばれる。侍従たちが急いで濡れた布を用意し、ロデリックの顔を拭いてくれた。顔にも血が飛んでいたのだ。

「殿下、ご無事ですか！」

慌てた様子でヒースがやって来て、血の染みがついたドレスを目にしたとたん青ざめる。その顔色の変化に驚いたロデリックは、逆に冷静になった。

「大丈夫、これはぼくの血じゃないよ」

侍従にドレスを脱がせてもらったところで医師が到着し、体の隅々までケガはないか確かめられた。安堵《あんど》したヒースがロデリックの前に膝をつき、頭《こうべ》を垂れる。

「申し訳ありません」

「どうしてヒースが謝るの？　あれはヒースのせいじゃないでしょ。ぼくは無事だったんだし」

「しかし、私が殿下を身代わりに――」

「ぼくがやるって言ったんだ。ヒースのせいじゃないよ」

ロデリックが微笑んだら、ヒースはぐっと唇を噛《か》んだ。

「今日はすごく怖かったけど、大丈夫、またつぎもジェニファーのふりをするよ。ジェニファーのためだもの。それに、ヒースも嬉しいでしょう？」

「……そうですね、嬉しいです」

ヒースも微笑んでくれた。

「殿下は勇気あるお方です。私は尊敬します」

そんなふうに言ってもらえて、ロデリックの幼い心は達成感でいっぱいになっていた。

「ロデリック！」

母が部屋に駆けこんできた。ドレスの裾を大胆にたくし上げ、知らせを聞いてすぐに走ってきたようだ。肩で息をつきながら、ヒースを押しのけてロデリックを抱きしめてくる。

「ああ、ロデリック！　怖かったでしょう。ごめんなさいね、私が過激派の愚か者どもを取り締まれなくて、あなたを危険な目にあわせてしまった！　ごめんなさい、ごめんなさい！」

涙ながらに謝罪を繰り返す母を、父が「落ち着きなさい、ロデリックは無事だったのだから」と宥《なだ》めている。ぎゅっとロデリックにしがみつくようにして抱いてくる母の体は、かすかに震えていた。だれにも負けない強い母がこんなに泣いているのだ。自分はそれだけ危険に晒されたのだとあらためて思い知り、ロデリックはちょっとだけ泣いてしまった。

それからもロデリックは公の場での女装を続けた。できるだけ妹の身代わりを長く続けられるよう、自主的にあれこれと努力した。美容に気を遣い、髪を結い上げやすいように長く伸ばした。ダンスのレッスンだけでなく女性らしい仕草を研究して、鏡の前で練習したりもした。筋肉がつかないように運動を控え、日焼けも避けた。

それでも健康な体には成長期がやってくる。ジェニファーの方が逞しく育ったせいで、二人は並んでいれば着飾ったロデリックの方が華奢に見えたが、肩幅は広くなり喉仏が出てきて、限界が近づいていた。

何度も命を狙われた。そのたびに恐怖に囚《とら》われたが、ヒースはいつも一番にロデリックのもとへ駆けつけて、優しく労《いたわ》ってくれた。

ダンスの練習もずっと付き合ってくれていたし、ピアノの鑑賞会の誘いにも応じてくれた。侍従はいたけれど、実質二人きりになれるその時間が、ロデリックは幸せだった。

ヒースの都合がつけば、王城の庭を散策することもあった。ロデリックが手を繋《つな》いでほしいと言えば、ヒースはそれをかなえてくれる。女装していなければロデリックはごく普通の少年だ。宰相の制服を着たヒースと手を繋いで歩いている光景はおかしかっただろう。けれどヒースはなにも言わなかったし、ロデリックはただ歩いているだけでも楽しくて胸がいっぱいになっていた。

「ヒースの手はとても大きいね」

「そうですね」

「てのひらがゴツゴツしているのは、剣の鍛錬を欠かさないから？」

「そうだと思います」

東屋《あずまや》に入り、ロデリックはヒースと並んで椅子に座った。手を見せてとお願いしたら、両手を差し出してくれる。大きくて皮が厚そうなヒースのてのひらを、ロデリックはまじまじと見つめた。

「きれいな手ではありませんよ」

「どうしてそう思うの？　きれいだよ。ちゃんと洗っているでしょう？」

「そういう意味ではありません」

「わかってる」

ロデリックはくすくすと笑いながら、ヒースのてのひらに指で文字を書いた。ヒースという文字を綴《つづ》る。

「ぼくにはきれいな手に見えるよ。日々の鍛練の積み重ねで作られた手だ。ヒースの真面目な性格がよく表われている」

この手が重要な書類も作っているのだと思うと、そっちの方が不思議だ。

「ねえ、ヒースが宰相の仕事をしているところを見てみたい」

「行事ではいつも見ているではありませんか」

「そうじゃなくて、執務室で文官たちといろいろ仕事をしているのでしょう？」

ロデリックはこの時点まで、宰相の執務室に入ったことがなかった。

「執務室の見学だけでしたら、いつでもどうぞ。けれど私がそこで事務仕事をしているところは、お見せできないかと思います」

「どうして？」

「国政の重要機密を扱っているからです。殿下はまだそうしたものに触れられる年齢に達していません。誤解しないでいただきたいのは、殿下が秘密を守れないのではと疑っているわけではありません」

ヒースがなにを言いたいのか、ロデリックは理解した。

「わかった。執務室を見学するだけにしておく」

「ありがとうございます」

ヒースが微笑んだので、ロデリックも笑顔になった。その数日後、ロデリックはジェニファーと二人で宰相の執務室の見学をした。好きな人が働いている場所を見られて、なんだか誇らしげな気分になった。

在位十周年式典を前にしたある日、女王が二人の十八歳の誕生日を区切りに、身代わりは終わりにすると決断した。

ベアトリスは「過激派」への圧力を強めており、組織は七年前より弱体化していた。壊滅させるまであと一歩というところまで追い込んでいたのだ。

十八歳の誕生日まで、あと一カ月。

その日が来れば、ロデリックとジェニファーは本来の姿に戻る。同時に、女王が王太子を守るために二人が入れ替わっていたことを公表する手はずになっていた。

真摯に説明すれば、国民は理解してくれると母は信じている。その点については、父もヒースも同意見だった。

身代わり役が終われば、ヒースはロデリックの求めに応じてダンスの練習相手をする必要はなくなり、ピアノを聴きながらの居眠り姿を見せてくれることもなくなるだろう。

たぶん、ヒースはロデリックの恋心を察している。ヒースの頼みなら断らないロデリックに、その想《おも》いを利用して国のために身代わりをさせているという罪悪感があるのだ。だからロデリックのわがままを聞いてくれていた。

そんな罪悪感なんて抱かなくてもいいのに。

ロデリックは好きな人の役に立てていることが嬉しかったし、大切な妹がそれで安全ならばなおのこと喜ばしかった。何度も恐ろしい目にあって、悪夢を見ることもあったけれど、ロデリックは後悔していなかった。

十八歳の誕生日を迎えて、身代わり役を終えたら――ロデリックはきちんとヒースに告白しようと考えている。ただの王子に戻って、ヒースから罪悪感なんてものを取り払って、対峙《たいじ》したい。

たとえ想いが受け入れられなくとも、ロデリックはヒースに言葉で愛を告げたいと思っていた。

◇

ヒースは式典のあと、宰相の執務室に戻っていた。

机の向かい側から宰相補佐のバートラム・ノーランが書類を差し出した。それを受け取ろうとして右手を出し、ぞろりと長い袖が邪魔で眉をひそめた。式典用の正装のままなのは、晩餐会に出席しなければならないからだ。

「宰相閣下はそのような格好をしていると、威厳がありすぎて近づき難い雰囲気が増しますね」

バートラムが苦笑しながら気を利かせて書類を机に置いてくれる。ヒースよりも五歳年上のバートラムはかつて高級官僚試験を抜群の成績で合格した秀才だが、根が真面目で権謀術策に向かず、定年まで補佐役でいいと明言している変わった男だった。

「晩餐会には招待客のほとんどが出席予定です」

書類は出席者の名簿だった。式典は国内の重要な貴族のみが参列したが、晩餐会は近隣諸国の代表が勢揃いする。昨夜までに全員が王都入りしており、王城の敷地内にある迎賓館に宿泊していた。

「不審な動きをしている代表はいないか？」

「いまのところ、いないようですね」

「いまのところは……な」

ヒースは名簿にずらりと並ぶ各国の代表者の名前を眺めた。このダヴェルニエ王国は現在、周辺諸国とは友好的に国交を結んでいる。だがすべての国とのあいだに一切の火種がないわけではない。

大なり小なりどこの国も問題を抱えているため、各国の代表が一堂に会するこの機会を有効に使おうと画策することもあるだろう。敵の敵は味方ともいう。どこの国とどこの国が会談を持ち、どのような話し合いがなされるか、ヒースは探らせている。

「過激派の動きはどうだ？」

「王都内では警戒を強めていますので、祝賀行事への妨害工作の恐れは少ないと思われます」

国全体が祝賀に湧いている。こうした時期を狙って過激派が活動を活発化することは予想されていたため、一カ月も前から王都警備には力を入れていた。すでに数人の不審人物を捕縛している。

「ラガルド王国の動きは？」

「昨日も今日も、とくにあやしい動きはなかったようです」

「そうか。引き続き、ラガルドについては要注意だ」

「わかっております」

ヒースは、ラガルド王国の代表としてダヴェルニエ王国に入国してきた王太子の姿を思い浮かべる。

建国してからわずか五年という新興国ラガルドから来たのは、マンフレッドという名の四十代の王子だった。十八歳の第一王子イントッシュをともない、一昨日の日没後に王城入りしている。ヒースは翌日の午前中に、謁見の間で顔を見た。

マンフレッドは黒髪黒瞳で色黒、固太りの男だった。

「遠路はるばる、よくぞ参られた」

玉座に座るベアトリスは、感情のこもらない目で新興国の代表を睥睨《へいげい》する。小心者ならば威圧されてしどろもどろになる迫力だ。しかし、マンフレッドは微塵《みじん》も気圧《けお》されていなかった。さすが、新興国でありながら、五百年の歴史がある国の王太子に縁組みを求めるだけの図太さを持っているだけのことはある。

「お初にお目にかかります。ラガルド王国の王太子、マンフレッドと申します。在位十年、おめでとうございます」

女王に恭しい仕草で頭を下げたマンフレッドは、余裕の笑みで息子を紹介する。

「私の長子、イントッシュです」

息子は父親に似ず、ひょろりと細い。黒髪黒瞳はそっくりだったが、女王の迫力に呑《の》まれていて顔色を悪くしている。

「以前、女王陛下のご令嬢、ジェニファー王太子殿下の婿候補にどうかと提案させていただきましたのは、このイントッシュです」

堂々と言い放ったマンフレッドに、謁見の間に居合わせた重臣たちが、ざわりと騒ぐ。ヒースはベアトリスの様子を横目で窺《うかが》った。こめかみがヒクヒクと震えている。怒りを抑えているようだ。

ラガルド王国が、ジェニファーの婿にとイントッシュとの縁談を提案してきたのは、半年前。ベアトリスは即座に断った。会議にかけるまでもない。ダヴェルニエ王国はラガルド王国と縁戚関係になる気はさらさらなかったからだ。

ジェニファーにはまだ婚約者が決まっていなかったが、ベアトリスは国内貴族から選ぶと明言していた。ダヴェルニエ王国は周辺諸国と結婚による同盟関係など必要としないほどに国力が抜きん出て強く、勢いのある新興国を警戒してはいても恐れてはいなかった。

ラガルド王国側の魂胆などわかっている。新興国ゆえに周辺諸国からの信用度が低い。歴史ある大国と縁戚関係になり、そのあたりの補塡をしたいのだろう。しかし、こちらは利用されるだけでなんら利益はない。

ベアトリスは不愉快さを隠そうともしていなかった。女王が切れる前にと、ヒースが横から「長旅でお疲れでしょう」と口を出し、翌々日の式典まで迎賓館でゆっくり休むようにとマンフレッド親子に声をかけた。

マンフレッドは女王ともっと話をしたかったようだが、滞在中はいくらでも機会があると思ったのか、すんなりと下がっていった。

「晩餐会の席次はどうなっている？　ジェニファー殿下とラガルド王国の親子は離れているか？」

晩餐会の最中に余計なちょっかいをかけられては困る。

「少々お待ちください」

バートラムがすぐに書類の棚から席次表を取り出してくれる。ラガルド王国の王太子親子と、ジェニファーのテーブルは別になっていた。ロデリックとジェニファーはおなじテーブルで、そこには長年の付き合いがある別の国の代表が入っている。

「うむ、大丈夫そうだな」

「さすが新興国です。ラガルド王国のマンフレッド王太子殿下はずいぶんと無礼な男のようで、迎賓館でも侍女に失礼な言葉をかけたとか。侍女の容姿をあげつらうなど、節度ある大人のすることではありません」

プリプリと怒りながら、バートラムが言う。

「建国してからわずか五年の国だからな。それまでは地方豪族にすぎなかったラガルド家だ。育ちがよろしくないのは仕方がない」

「それにくらべて、やはり我が国の殿下たちは素晴らしいですな。さきほどの式典でのお姿は、誇張ではなく、神々しいほどにお美しかったです。ジェニファー殿下は白い騎士服がとてもよくお似合いで凛々しく、ロデリック殿下は可憐《かれん》で、シルクのドレスがたいへん似合っておいででした」

バートラムは歳に似合わず夢見るような表情で回想している。たしかに段違いに気品がある姿だったので、ヒースは否定しなかった。いや、心の中では絶賛していた。

身代わりがはじまった七年前、まさかこれほど長くロデリックが女装することになるとは思ってもいなかった。彼が努力してドレスが似合う容姿を維持しようとしているのは知っていた。

『ぼく、なんでもするよ』

ヒースの提案に碧《あお》い瞳をキラキラさせて微笑んだロデリックは、おそらく自分がなにを引き受けてしまったのか本当のところを理解していなかったにちがいない。その後、はじめての暗殺未遂事件が起きて、ロデリックは現実を知った。けれど、彼は身代わりを続けると言った。

ヒースは良心の痛みに耐えながら、彼の勇気を褒め称《たた》えた。それが国のためになると信じていたからだ。

汚れを知らない純粋無垢《むく》な王子が、十八歳も年上の自分にほのかな恋心を向けていることには気づいていた。ヒースだけでなく、おそらくロデリックの身近な者たちはみんな気づいていただろう。それくらい彼の好意はあからさまだった。

はじめて会ったとき、ロデリックは十歳のあどけない王子だった。父親似の金髪碧眼の王子は、まるで精巧に作られた人形のように美しく、しゃべれば表情豊かで魅力的だった。

最初はロデリックに身代わりをさせるための優しさだった。子供の相手などしたことがないヒースは、とにかくロデリックを気分よくさせるために美辞麗句を並べ、侍従の真似事《まねごと》をして喜ばせることにした。ダンスの練習相手にもなったし、眠気をこらえてピアノの演奏を聴いたりした。毎回、居眠りしてしまっていたが、ヒースは小賢《こざか》しく「二人だけの秘密」だと言ってロデリックに口止めした。そう囁けば喜ぶとわかっていたからだ。

ロデリックはヒースを信頼し、すべてを捧げる勢いで心を許した。

何度も暗殺未遂にあいながら、ロデリックは健気《けなげ》だった。恐怖に震えていても、「大丈夫、ケガはしていないよ」と微笑む強靭《きょうじん》な精神を持っていた。

か弱い少女と見紛《みまが》うほどの細い手足と華やかな美貌を持ちながら、胸にはしっかりとした信念を抱く王族の男児だったのだ。

ヒースの前で、ロデリックは日々成長していった。少年から青年へと、鮮やかに変化していく。ダンスの練習のとき、胸までしかなかった身長が肩まで伸びて、ホールドしやすくなった。軽やかにステップを踏みながら、ロデリックは上目遣いでヒースを見上げる。楽しそうに、照れくさそうに、そしてときには切なく。

何年も純粋な想いを捧げられて、なにも感じずにいられるはずがない。

いつのまにか、ヒースはロデリックを愛《いと》しく想うようになっていた。

あれほど健気で純真な王子がほかにいるだろうか。

笑えば太陽のごとく輝き、瞳は空よりも透き通っている。声は天上の調べよりも優雅で、妹への愛情は海よりも深い。なにごとにも全力で取り組み、真面目で誠実で勤勉だ。

唯一無二の存在だと思う。

副宰相に任命されたとき、ヒースは一生を国に捧げようと決意して、独身を貫いてきたことも災いしたのかもしれない。独り身の自由さが、ロデリックに惹かれる心を後押ししてしまった。

大国の宰相となった今、つねに冷静でいなければならないのに、ロデリックが女装して外出するたびに、気が気でない。無事に帰ってきたと知れば安堵のあまり座りこみそうになるし、襲撃にあったと聞けば仕事を放り出して駆けつけた。無事だと報告を受けたとしても、その目でロデリックの姿を見るまで安心できなかった。

ロデリックはあと一カ月で十八歳になる。成人するのだ。名実ともに大人になる。

ヒースはいままで、ロデリックはまだ子供だからと自分に言い聞かせてきた。けれど枷《かせ》のひとつがなくなる。二人きりのときにロデリックから迫られたら——そんな思いきったことをロデリックが仕掛けてくるとは思えないが——拒むには相当の自制心が必要だろう。

（いや、あり得ない）

ヒースは頭を左右に振って、迫られるという都合のいい妄想を消し去った。成人をきっかけに、ロデリックの目が覚めるかもしれない。少年期にありがちの、大人の男に抱く憧憬《しょうけい》を恋心と錯覚してしまった、厄介な現象である可能性は高い。

あいかわらずヒースに笑顔を向けてくれたり、すこし甘えて拗《す》ねたような表情を見せてくれたりするが、彼はもうすぐ十八歳だ。いつまでも子供ではない。ヒースが気づいていないだけで、とうに目が覚めていて、顔馴染《なじ》みの重臣への親しみからそうしているだけだとしたら。

（……寂しい中年が、ひとりで盛り上がっているだけだ……）

そう考えると、果てしなく落ちこむ。

（いや、落ちこんでいる場合ではない）

とにかく、この気持ちは隠し通さなければならない。ヒースは重職に就いている。だれにも弱みを見せてはいけない立場だ。

「宰相閣下、そろそろ晩餐会のお時間です」

バートラムに声をかけられて、ヒースは内心の苦悩を悟られないように無表情を保ちつつ晩餐会の会場へ向かった。

大広間には白いクロスがかけられた無数のテーブルが並べられ、燭台《しょくだい》の明かりが銀食器を照らしていた。招待客のほとんどがすでに席についており、ヒースが入っていくとあちらこちらから会釈された。自分の席に座ってすぐ、まずはラガルド王国の親子を目で探す。黒髪で色黒のマンフレッドはすぐに見つかった。隣の席にいる老齢の国内貴族と談笑している。その隣には息子のイントッシュが俯《うつむ》きかげんでおとなしく座っていた。

そこに女王一家が揃って入場してきた。ベアトリスは堂々とした歩き方で一段高くなっているテーブル席につく。その隣に王配のディクソン。後ろを歩いていた男装のジェニファーと女装のロデリックは、少し離れたテーブルまで侍従に案内されて歩いて行った。

そこでヒースは自分のミスに愕然《がくぜん》とする。なんと、双子のテーブルはマンフレッド親子のテーブルと隣りあっていたのだ。たしかに同じテーブルではないが、椅子の距離が近い。

(なんということだ!)

自分の斜め後ろに座ったロデリックを、マンフレッドは好奇心を隠さない目でじろじろと見ている。ロデリックは喉仏を隠すために首にチョーカーをつけていたが、背中は大胆に露出した意匠のドレスをまとっていた。姿勢よく座ったロデリックの背中は、おそらくマンフレッドから丸見えだろう。

(おのれ、それ以上見るな。ロデリック殿下が汚れる!)

ヒースはギリギリと歯ぎしりをした。隣に座ったバートラムが「どうなさいました?」と尋ねてくるほど異様な目つきだったようだ。

「殿下たちのテーブルがラガルドの親子に近いではないかっ」

極力、声を抑えて非常事態を伝えた。バートラムは「えっ?」と驚き、マンフレッドの様子を見て啞然《あぜん》とする。

「本当ですね。なんということでしょう。迂闊《うかつ》でした」

「あのいやらしい目を見ろ」

「あー、不敬ですね……。でも他国の王族に注意などできませんし」

「なんとかしろ」

「そう言われても、いまさら席替えはできませんよ」

小声でやり取りしているあいだに女王の挨拶があり、貴族議会の議長による乾杯が行われ、晩餐会がはじまった。給仕たちが泳ぐようにテーブルのあいだをするすると歩き回り、招待客たちに料理を運んでいく。

バートラムは給仕を呼び止め、こそこそと耳打ちした。その給仕はマンフレッドのテーブルへ行き、なにかを尋ねている。給仕はマンフレッドに肉料理のお代わりを出し、さらに空になっていたグラスに果実酒を注ぐ。たしかにそのあいだ、マンフレッドの意識はロデリックから逸《そ》れたが、給仕が去っていけば元に戻るだけだ。

「おい、バートラム、なにをやっている」

「すみません。これ以上のことは私にはとても……」

困った顔をする補佐にヒースは凄んだ。バートラムは肩を竦《すく》めて汗をかいている。

「ああでも、息子の方は無関心ですよ。よかったですね」

たしかにイントッシュはロデリックに関心を示していない。周囲の人間ともまともに会話をせず、ただ黙々と料理を食べていた。人前だというのに、彼はずっと陰鬱《いんうつ》な表情をしている。自分と結婚話があった隣国の王女にまったく関心を示していないのは妙だった。

国の代表として来ているのに、イントッシュにはなんの気概も感じられない。無気力で、無表情だ。

父子関係がうまくいっていないように見えるところから、無神経で無礼な父親と、建国した血の気の多い祖父のもとで抑圧されながら育ってきたのかもしれない。かわいそうだとは思うが、ヒースにとってはどうでもいいことだった。

大切なのは自国の王族のみ。バートラムは頼りにならないので、ヒースがどうにかするしかない。

(晩餐会が終わったら、私がいち早く殿下お二人をここからお連れしよう)

ヒースはそう決意し、料理を味わうことなく急いで食べた。

晩餐会は一刻ほどで終了する。隣の小広間には食後のお茶や菓子、蒸留酒などが用意されていて、もっと交流を深めたい出席者たちはそちらへ移動することになっていた。

まず女王と王配が席を立ち、ロデリックとジェニファーが立ち上がる。ヒースはすかさず双子のもとへと近づいた。気持ち的には駆けていきたいくらいだが、さすがに宰相が晩餐会の会場で走ってはだめだろう。できるだけ早足で二人のテーブルへ急いだ。

マンフレッドが体ごと振り向いてロデリックに声をかけようとしたところを、ヒースは割って入った。ロデリックの視界からマンフレッドを完全に消すために壁となる。

「殿下、私がお部屋までお送りします」

背後で「おい」とか「退《ど》け」とか品のない声が聞こえていたがヒースは無視してロデリックの手を

取る。女装しているロデリックは淑女然とした澄ました顔でヒースに導かれ、大広間を出た。その後ろを男装のジェニファーがついてくる。

ヒースは近衛騎士に命じて周囲をがっちりと囲ませ、だれも話しかけられない状況をつくりつつ双子の居室まで送っていった。ロデリックとジェニファーの部屋は隣りあっている。

「私は疲れたから、もう休むわ。おやすみなさい」

ジェニファーは自分の部屋にさっさと入っていく。前室に控えていた侍女たちが王女の世話を焼いてくれるだろうから、ヒースはそのままロデリックとともに王子の部屋に入った。

「お帰りなさいませ」

こちらでも前室に侍従が控えていた。なにかを命じられるのを待っているが、ロデリックはヒースの手をぎゅっと握って離さずに寝室まで歩いて行く。ヒースは引かれるままに寝室へ行った。

「あー、疲れた」

ロデリックがカウチに座るやいなや、ドレスの裾を両手でめくり上げた。細くて白い足が膝下から露わになり、ヒースの目は釘付《くぎづ》けになる。けれど動揺を悟られるようなヘマはしない。表情を変えることなく、ロデリックの足元に跪《ひざまず》いた。黙って靴を脱がす。侍従たちも見慣れた光景なのでなにも言わない。

女性用の靴を脱がせた足はやはり華奢で、ところどころ擦れて赤くなっていた。ロデリックの足に合わせて作られた靴だが、高いヒールが足の負担にならないわけがない。侍従がすかさず水を満たした盥《たらい》を持ってきたので、ヒースはロデリックの足を洗った。脱がした靴は別の侍従が衣装部屋へと運んでいく。

　ヒースの横で布を広げて持っている侍従からそれを受け取り、ロデリックの足を拭いた。貴重品のように恭しくロデリックの足をオットマンに乗せて、ヒースはカウチの後ろへまわりこむ。高く結い上げたロデリックの髪から、飾りをひとつひとつ外していった。

「引っ張らないで。痛いから」

「申し訳ありません」

　ヒースは細心の注意を払って宝石がついた髪留めやリボンを取っていく。侍従が持ったトレイの上に、飾りをきれいに並べた。それもあとで衣装部屋の宝石箱にしまわれる。喉仏を隠すためのチョーカーを外すと、ロデリックはひとつ息をついた。すべての髪留めを外してしまうと、長い髪が美しい背中にはらりと落ちる。

　ヒースはつぎにドレスを脱がした。ドレスの下はコルセット。いくら華奢でも女性とは骨格がちがう。コルセットをはめたまま一日過ごし、晩餐会で食事までしたのだ。さぞかし苦しかったことだろう。ヒースが背中側で固く縛られていた紐《ひも》を解くと、ロデリックが大きく息をついた。外したコルセットの下には、痛々しい痕《あと》がついている。

　その痕のすべてに唇を這《は》わせて癒したい衝動に駆られたが、ヒースはぐっと耐えた。

「殿下、湯浴みはどうされますか」

「明日の朝でいい。今日はもう疲れた」

その一言で侍従たちの今夜の仕事がひとつ減り、明日に回された。

生まれたときから侍従たちに傅かれて育った王子は、他人に裸を見られることに慣れている。さすがに下着を替えるときはヒースではなく侍従に任せたが、寝間着を着せる役目はヒースに任せてくれた。上等な絹で仕立てられた肌触りのいい寝間着を着せかけ、貝殻のボタンをひとつひとつはめていく。絹よりも光沢がある輝く肌が隠れていくのを惜しみながら、ヒースはすべてのボタンを留めた。

侍従が温かなお茶を運んでくる。ロデリックがそれをゆっくりと飲むのを、ヒースは脇に控えて見つめた。疲れを滲《にじ》ませた横顔が美しい。ただ美しいだけでなく、仕草がいちいち小動物のようで愛らしかった。

（可愛い……）

しみじみと思う。できれば一瞬たりとも視線を逸らしたくない。

「ヒース」

「はい」

「今日も僕は完璧だったはずだ。なにか言うことはないか」

ヒースはいそいそとロデリックの前に回り、ふたたび膝をついた。

「素晴らしい王女ぶりでした。さすがだと、感心いたしました」

「そうか。それならいい」

口先だけでない、心からの称賛だと伝わったのか、ロデリックはほんのりと頬《ほお》を赤く染めて頷いた。

「こっちに座れ」

ロデリックが自分の横を指し示す。ヒースは遠慮することなくそこに座った。侍従が無言でヒースのためにもお茶を淹れてくれる。

「だれも僕が王子だとは気づいていなかっただろう？」

「はい、気づいていませんでした。見事でした」

「ジェニファーの男装もよかったな。凜々しくて」

「そうですね。今日のために誂《あつら》えた騎士服がよくお似合いでした」

「あの騎士服はよかった」

うんうんとロデリックは頷き、「あと一カ月か……」と呟《つぶや》いた。

「ねえ、ヒース」

「なんでしょう」

「あと一カ月で僕は王子に戻る。ジェニファーが着ていたような騎士服、僕にも似合うだろうか」

ティーカップを両手で持ち、湯気越しに可愛らしく上目遣いで尋ねられたら肯定する以外にない。

「もちろんですとも。殿下は紛うかたなき男子です。身代わり役が終了したあかつきには、ぜひとも好きなだけ騎士服を誂えてください。私が予算を回しますのでご心配なく」

「えー、宰相がそんなこと言っていいのか？」

咎《とが》める言葉を口にしながらも、ロデリックは機嫌よくにこにこと笑っている。ああ可愛い。

「僕は剣も習いたい。日焼けなんか気にしないで、遠乗りにも行きたい」

「いいですね。私がお供いたしましょう」

一カ月後からの新生活を語るロデリックが微笑ましくて、ヒースは話に付き合った。侍従たちもロデリックに温かなまなざしを注いでいる。

しばらくしてロデリックが欠伸《あくび》をした。目をしょぼつかせたのを機に、ヒースが就寝を促す。愛する王子の話なら、いつまででも聞いていたいのが本心だが、ロデリックは疲れている。

「ヒース、こっちに来て」

ロデリックの甘える目に逆らえず、ふらふらと寝台へ近寄る。柔らかな寝具に埋もれるようにして横たわったロデリックが、ヒースに笑いかけてきた。

「おやすみの挨拶をして」

子供のようにくちづけをねだるロデリックに、ヒースは理性が焼き切れそうになった。それをぐうっと我慢する。

「殿下」

唇をわずかに尖らせてくちづけを待っているロデリックが、食べてしまいたいくらいに可愛らしくて雄叫《おたけ》びを上げてしまいそうだ。その採れたての果実のような唇から目を逸らし、ヒースは歯を食いしばって額にくちづけをした。

ロデリックがとたんに不満そうな顔をする。だがここで誘惑に負けて唇にくちづけをしたら、ヒースは不敬罪と未成年への淫行で捕縛されるだろう。

本来、この国は性に関してそれほど厳格ではない。けれどロデリックはただの王族ではなかった。ベアトリス女王の息子で、王配ディクソンと王太子ジェニファーも含めた家族全員から愛されている身だった。たとえロデリック本人が望んだとしても、手を出そうものなら発覚したその場で女王に斬り殺されるだろう。

命は惜しくない。ロデリックがどうしてもと望むなら、たとえ死が待っていようとも男として応えたい気持ちがある。

けれどヒースがそれで命を落としたら、ロデリックは傷つくにちがいない。繊細な王子に、一生心に残るような傷を負わせたくなかった。

それに、ヒースはロデリックにふさわしくない。これから成人を迎える若者と、三十代半ばにもなる中年では釣り合いが取れない。しかも王子と臣下。ロデリックがせめてただの貴族の子弟ならばよかったのだが――。いまさらだ。

王子と臣下として出会ってからの八年間を、なかったことになどできない。

「おやすみなさいませ、殿下」

ヒースは内心の葛藤をすべて押し隠し、静かにロデリックの寝室を出たのだった。

鏡にうつった自分を、ロデリックはじっと見つめた。侍従が真剣な顔で髪を結ってくれている。

このあと隣国王家が主催するお茶会に出席することになっていた。場所は迎賓館の庭だ。

女王の在位十年の式典とそれに付随するいくつかの行事は終わったが、招待客のすべてがすぐに帰国するわけではない。八割方が王都に残り、めったに会えない他国の代表たちと交流をはかっていた。

ロデリックとジェニファーもあちらこちらから招待されており、どうしても断り切れないものだけ選んで出席している。

◇

準備に時間がかかるロデリックの横で、ジェニファーは続々と届く招待状の選別をしていた。妹はもう出かける準備がほぼ整っていて、あとは上着だけという格好だ。テーブルに封筒やカードが山積みになっている。老年の侍従長に、選び方を教えてもらっているところだった。

結い上がった髪に今日はどの飾りをつけるか侍女と相談しはじめたときだ。扉が叩かれて、侍従が来客を告げた。ヒースだった。

宰相の制服姿のヒースは、いつものように厳しい表情をしている。

「どうしたの、ヒース。なにかあった？」

「今日はこのあと迎賓館のお茶会にご出席される予定ですが、それに変わりはないですか」

「行くよ」

「ラガルド王国の王太子親子も出席予定だと聞いています」

ヒースが苦虫を噛みつぶしたような顔をする。ロデリックはラガルド王国の王太子親子を脳裏に思い浮かべようとして、うまくいかなかった。

「ああ、あの下品そうな男と俯いてばかりの王子か」

ロデリックよりも先にジェニファーが思い出したようだ。

「ジェニファーは知っているの？」

「王太子親子が王都入りしたとき、母上に挨拶しただろう。その場にロデリックもいたはずだが」

「ごめん、覚えていない」

だってひっきりなしに招待客が到着して、挨拶ばかりだったのだから。

「晩餐会のときは私たちのテーブルと親子のテーブルは隣りあっていた。ロデリックの後ろに王太子がいたと思う」

ジェニファーが「そうだったな？」とヒースに確かめると、「その通りです」と宰相は頷いた。

「よくまわりを見ているね」

感心したロデリックに、ジェニファーが不快そうに口を歪《ゆが》めた。

「あのオヤジ、ロデリックの背中ばかり見ていたからな。不躾《ぶしつけ》な奴だなと気になっていた。ヒース、あの男に気をつけた方がいいのか？」

「できれば近寄らないでください。ジェニファー殿下と息子の結婚を画策した無謀な国の代表でもあります。晩餐会でのいやらしい目つきは、許されるなら斬り捨てたいほどでした」

ヒースがぐっと眉間に皺《しわ》を寄せる。晩餐会のときは、おなじテーブルの招待客たちとそつなく会話することに集中していたので、まさか隣のテーブルからそんな目で見られていたとは知らなかった。

「ヒース、ずいぶんと物騒なことを言うな」

呆《あき》れた顔をしたジェニファーに、ヒースは「申し訳ありません」と謝罪する。けれどその表情はぜんぜん申し訳なさそうではなかった。

「ヒース、ロデリックは私が守るから大丈夫だ。言いたいことはそれだけか？　もう仕事に戻れ」

「くれぐれも、よろしくお願いいたします」

ジェニファーは邪魔者のようにヒースを追い出してしまい、招待状の選別に戻る。

「ヒースの心配性はもう病的だな。もともとその傾向はあったが、最近は拍車がかかっている。そう思わないか」

「そうですね」

ジェニファーの問いかけに、老侍従長はひっそりと笑う。妹から見てもヒースの口うるささが酷《ひど》くなっているのか。

「ねえ、ジェニファー、僕はヒースにとっていつまでも子供なのかな」

「……どうしてそう思う？」

「過保護だと思うんだけど」

「たしかに過保護だが、それをロデリックは『子供扱いされている』と解釈しているわけだな？」

「ちがうの？」

ジェニファーはふふっと笑い、老侍従長と顔を見合わせて、また笑った。その意味深な感じが気に障った。

「なに？　知っていることがあったら教えてよ」

「私からはなにも言わない。疑問があるならヒースに直接聞けばいい」

「僕がヒースに？　そんなの……」

聞けるわけがない。身代わり役をしたあとはわがままな態度を取っても優しくしてくれるが、それはあくまでもロデリックの働きに対する褒美のようなものだ。

子供扱いをされたくない。ご機嫌取りの言葉はいらない。もう成人するのだ。ひとりの人間として、ヒースに向き合ってもらいたかった。

「……どうしたら、子供扱いされなくなるかな？」

「難しい問題だな」

ジェニファーはそれだけ言って、テーブルに向き直ってしまう。ロデリックが望むような助言はする気がないようだ。

「とりあえず今日のお茶会は、離れないようにしよう。ヒースが言うように、ラガルド王国の王太子は私も要注意人物だと思う。夜会ではないからダンスはないし、酒は軽い果実酒くらいしか出ないだろうから大丈夫だと思うが、用心するにこしたことはない」

「……うん、わかった」

鏡の中でどんどん王女らしくなっていく自分を眺めながら、ロデリックは頷いた。


迎賓館の庭園は秋咲きの薔薇《ばら》が見頃だった。黄色い蔓《つる》薔薇が東屋の柱に絡みつき、大輪の赤い薔薇は花壇で風に揺れている。

お茶会の主催である隣国の代表は、自国から連れて来たという竪琴《たてごと》奏者に優雅な曲を演奏させ、自国産の茶葉で淹れた茶を招待客に振る舞っていた。たしかにお茶は美味《おい》しくて、ロデリックとジェニファーは木陰のテーブルでそれを味わった。

庭園に散っている招待客たちの年齢は総じて高めで、自分たちと話が合いそうな若者は見当たらない。出席してもつまらないだろうなと思っていたら、見事に予感が的中した。けれどここは我慢して微笑みを絶やさないようにしなければならない。これも公務のひとつだ。

「ほら、あそこにマンフレッド王太子が」

ジェニファーが視線で示した先に、固太りで色黒の中年男がいた。貴婦人と談笑している。いまのところこちらに絡んできてはいないので、あえて声はかけないようにしていた。あれがそうか、と見つめていたら、視線を感じたのかマンフレッドが振り向いた。

「あ、目が合っちゃった」

慌てて顔を逸らしたが遅かった。マンフレッドがテーブルに近づいてくる。

「ごきげんよう、ジェニファー王太子殿下」

わざとらしいくらいに大袈裟《おおげさ》に頭を下げ、ロデリックの手を取り、くちづけようとしてくる。

絹の手袋をしていたがとっさに手を引いてしまい、「ごきげんよう」と微笑みでごまかした。淑女に対する挨拶を拒まれたマンフレッドは一瞬だけ不愉快そうな表情をしたが、すぐに引っこめた。

「今日も素晴らしく美しい出《い》で立ちですな。さすが大国の王太子。陽光の下で、その身につけている宝石よりも輝いて見えます」

ありきたりな世辞を言い、マンフレッドは男装のジェニファーには視線も向けない。まさか王子と王女が入れ替わっているなど、思ってもいないのだろう。無視されているジェニファーは目が据わっている。

「ジェニファー王太子殿下は、女王陛下にあまり似ておりませんな。王配殿下の血が濃かったようで、たいへん嫋《たお》やかだ。美しすぎてまぶしいほどです」

「ありがとうございます」

嬉しくないのに礼を言わなければならない。父親に似ているのは事実だが、母親が美しくないと言われたも同然だ。さすがのロデリックもマンフレッドの無礼さに苛立《いらだ》った。

「こちらによろしいかな」

返事をする前にマンフレッドが空いている椅子に腰を下ろそうとしたので、ロデリックは立ち上がった。じっくりこの男と話をするつもりはない。

「化粧直しをしてきます」

「私も行こう」

ジェニファーもすかさず席を立ち、二人でさっさとテーブルから離れた。振り返ることなくいったん建物の中に入る。物陰から庭園の様子を窺い、諦めたマンフレッドがべつの貴族に話しかけに行くところまで見届ける。

「こちらの許可なく同席しようとするなんて、本当に無礼な奴だ」

ジェニファーが腹を立てながらマンフレッドを睨《にら》んだ。ロデリックもマンフレッドに触れられた手袋が気になって、取ってしまう。なんとなく、あの男の粘つく視線が気持ち悪い。替えの手袋は持っていないが、もうナシでいい。

「あの男、もしかして結婚話を諦めていないのか？」

「そうかもしれない」

「あいつが義理の父になるなんて、まっぴらごめんだ。隙あらば息子の嫁に手を出そうとか考えているのじゃないか？」

ジェニファーは鼻息荒く、マンフレッドを罵る。

「こら、憶測だけでそんなことを言ってはいけない」

「だって、あいつの目が気持ち悪い」

「息子は今日、連れて来ていないのかな？」

「あっちにいるのがそうじゃないか？」

離れたところにイントッシュがいた。ひとりでぽつんと立っている。ぼうっと自分の父親を見ているだけで、だれとも交流しようとしていなかった。まるで迷子の幼子のような頼りない風情が、ロデリックは気になった。

するとマンフレッドがイントッシュに近づき、腕を引いてロデリックたちがいる方へと歩いてきた。二人がいるとは思っていない感じだ。ロデリックとジェニファーは慌ててふたたび物陰に身を潜める。

「なにをぼさっと突っ立っているんだ。もっと社交努力をしろ。なんのためにここまで連れて来たと思っているんだ！」

マンフレッドが声量を抑えながらも息子を叱責《しっせき》した。イントッシュは俯いて黙っている。

「おまえは王太子である俺の息子だぞ。将来は一国を背負って立つ男だ。もっとしっかりしろ。まともに剣が振るえないなら、こうした場で役立たなければ存在価値がないだろう！　なんとか言ったらどうだ！」

「……申し訳ありません……」

「おまえは本当に役立たずだな！」

言い捨てて、マンフレッドは踵《きびす》を返す。息子を置いて、さっさと庭の中央部分へと出て行った。

イントッシュは地面を見つめたまま動かない。

ロデリックは、あんなふうに親から頭ごなしに怒鳴られた経験がなかった。両親はいつも対話で理解を深めようとしてくれたし、子供たちの人格を貶《けな》す言葉など口にしたことがなかった。

ロデリックは聞いているだけで胸が痛くなり、イントッシュがかわいそうで仕方なくなった。

「ジェニファー、イントッシュ殿下に声をかけてきていい？」

「ええっ？　どうして？　そんなことをしたら、父親がいい気になってしまうよ」

「でも、なんか、かわいそうじゃない？」

イントッシュと自分たちは同年生まれだ。王子という立場もおなじ。国も育てられ方もちがうけれど、わかりあえる部分もあるのではないだろうか。

ジェニファーはしばし逡巡《しゅんじゅん》したあと、「仕方がないな」とため息をついた。

「私が声をかけてくる。ロデリックはあそこでおとなしくしていて」

お茶会用に出されたテーブルのひとつが空いていたので、ジェニファーがそこを指定する。

「ありがとう」

男装のジェニファーが声をかけた方が、たしかに警戒心を抱かれないだろう。

ロデリックはテーブルにつくと、ジェニファーが颯爽《さっそう》とした足取りでイントッシュに近づき、話しかけるのを見守った。戸惑った表情のイントッシュを、ジェニファーはやや強引にロデリックのところまで連れて来る。

「ほら、ここに座って」

ジェニファーが腕を引いて椅子に座らせた。イントッシュはロデリックをちらちらと見ては、困惑顔で俯く。ロデリックは怖がらせないように、そっと挨拶した。

「こんにちは、イントッシュ殿下。お話ししたいと思っていたので、兄に声をかけてもらいました」

「はぁ……」

ロデリックは手ずからポットのお茶をカップに注ぎ、イントッシュの前に出す。彼はおどおどしながら、角砂糖を三つも入れた。甘党らしい。

「このお菓子、とても美味しいですよ」

焼き菓子を勧めると、イントッシュは遠慮せずに食べた。もぐもぐと食べては、お茶をぐいぐいと飲む。ロデリックはお茶のお代わりを淹れた。

「なんだ、お腹《なか》が空いていたのか？」

ジェニファーの問いかけに、イントッシュは頷いた。迎賓館の貴賓室に宿泊しているはずだが、食事が口に合わなかったのだろうか。そう尋ねると、「いえ、そうではなく」と首を横に振る。

「出された料理はとても美味しいです。ですが、その、食事の作法に気を取られて、あまり量を食べられないというか、なんというか」

「作法なんて気にすることないのに」

ジェニファーが呆れた顔で言うと、イントッシュが眉尻を下げる。

「父のそばにいると緊張してしまうのです。もともと得意ではないのに、余計に食べ方が乱れてしまうみたいで、うるさく注意されます。十三歳まであまりそうしたことに注意されない生活を送っていたので」

ラガルド王国が国として成立したのは、わずか五年前だ。地方の一豪族だったラガルド家は裕福だっただろうが、イントッシュの祖父と父親は戦いに明け暮れていたにちがいない。留守を任されていた女性たちが、子供たちに繊細な教育ができたとは思えなかった。

建国したとたんにイントッシュの祖父が国王になり、父親は王太子。自身は次期王太子候補となったわけだ。それは生活が激変したことだろう。

想像することしかできないが、わずか十二、三歳でそれを体験して、いまなお戸惑いの最中らしいイントッシュに、なんだか同情心が湧いてしまったロデリックだ。

「あの、ひとこと、謝罪させてください」

すっと姿勢を正したイントッシュが、椅子に座ったままロデリックに頭を下げてきた。

「祖父と父が、あなたに僕との結婚を申し込んだことです。大変申し訳ありませんでした」

まさかこの件で当事者から謝罪されるとは思っていなかったロデリックとジェニファーは、意外さをそっと目を見合わせることで共有した。

「我が国は建国わずか五年の新興国です。対してダヴェルニエ王国は五百年の歴史を持つ大国。私とあなたの年齢はおなじでも、国の格がちがいます。まったく釣り合っていません。国交も正常に行われていないのに勢いだけで結婚話を進めようとしました。ベアトリス女王が断ったのは当然です。父はまだ諦めていないようですが、気にしないでください」

しっかりとした口調でそう語ったイントッシュからは、ひとりの男としての矜持《きょうじ》が感じられた。十八歳になったばかりでも、もう大人の思考ができるようだ。

（なんだ、父親の前では萎縮してなにも言えないでいるけど、離れれば普通に常識があるし、きちんと自分の気持ちを話せる王子じゃないか）

ロデリックはイントッシュを見直した。

「ねえ、イントッシュ殿下、私たちお友達になれないかな？」

ロデリックが提案すると、イントッシュは目を丸くした。真っ黒い瞳がつぶらで可愛いと思う。

「国の事情を抜きにして、友達になりたいと思うの。帰国するのはまだ何日も先でしょう？」

「ええ、まあ、帰国はまだです。正確に何日かは決まっていないみたいですけど、父は予定がいろいろと詰まっていると言っていました」

「だったら、私たちのお茶会に招待しようよ。ね？」

ジェニファーに同意を求めると、彼女は渋々ながらも頷いてくれた。

「同年代で気軽にお話しできる人って少なくて。イントッシュ殿下とはお友達として仲良くしたい。誤解しないでもらいたいのは、結婚話が進展する可能性は一切ないということ。その点はお父上のマンフレッド王太子殿下にもはっきり伝えておいてほしい。お茶会は正式なものではないから、ふらっと遊びにくる感じでね？　もちろんお父上の同伴はナシ」

「それは、もちろん、わかっています」

イントッシュはかくかくと何度も頷く。そして上目遣いで、「本当に、よろしいのですか」と窺ってきた。

「私のような者が、お二方と親交しても……」

「イントッシュ殿下だから仲良くしたいと思ったの。自室に戻ったら侍従と相談してお茶会の日時を決めるから、かならず来て」

「ありがとうございます」

ふっと肩の力を抜いて微笑んだイントッシュは、年齢よりもずっと幼く感じた。

◇

ヒースはあいかわらず多忙だった。

できるだけ時間を作ってはこの国の宝である双子の様子を見に行っていたが、それではなかなか現状が摑《つか》めないので、部下を向かわせて侍従から話を聞き取り、報告させている。

「なんだと？　ラガルド王国のイントッシュ殿下と親交を深めているだと？」

聞き捨てならない話に、ヒースは冷静ではいられなかった。思わず立ち上がったヒースの険しい表情に、文官が怯《おび》えた顔をしている。

「なぜそんなことになったのだ。陛下のお気持ちに変化があったのか？　私は聞いていないぞ」

「いえ、殿下方の親交に深い意味はないとのことです。あくまでも友人としてのお付き合いだとか」

文官はなんとか頑張って補足的に説明をくわえる。

「友人だとしても見過ごせない」

ちょっと目を離した隙になんということをしているのか。ヒースはギリギリと奥歯を噛みしめた。ラガルド王国には気をつけろと忠告したにもかかわらず、こんな事態を招くとは。どうせロデリックが警戒心を発動させずにイントッシュを懐に入れたのだろう。ジェニファーがしっかりしているので、もしものときには制御してくれるものと思っていたのだが。

これは直接会って、真意を確かめなくては。

「すこし席を外す」

ヒースはバートラムが「えっ？　待ってください」と制止するのも聞かずに執務室を飛び出した。行政区の中央から王族の居住区まで駆けていく。すれちがう文官や貴族議員たちが足を止めて会釈してくるのをかわしつつ、走った。

「ロデリック殿下」

自室にいると侍従に聞いて、ヒースは通い慣れた廊下を進み、部屋に着いた。

「ヒース、どうしたの？」

ロデリックは飾り気のない白いシャツと黒いパンツという、ごく普通の男性の部屋着を身につけ、窓際の机で読書をしていた。着飾ったロデリックも可愛いが、素のままだと素材のよさが際だってまたべつの可愛らしさがある。

侍従が急いで、ヒースのためにお茶の用意をしはじめる。それを横目に、ヒースは懸念事項を尋ねた。

「殿下、ラガルド王国のイントッシュ殿下と交流していると聞きました」

「ああ、そのこと。イントッシュとは友達になったんだ」

ロデリックはにっこりと邪気のない笑顔を見せ、新興国の王子を呼び捨てにした。

「殿下はあの方のことを、おなじ王族の王子だと親近感をお持ちになったようですが、国の歴史も規模も風習もなにもかもがちがいます。そもそも同等ではありません。国の格というものがちがいます。それに外交的にも、我が国はラガルド王国の王族と親しく交流する予定はありません。必要ないのです。考えなしの行動は困ります」

国の方針を述べながら、内心では特定のだれかとロデリックが親しくなることを不愉快に思っていた。男女が入れ替わっていることを知られないよう、いままでロデリックとジェニファーは二人だけの世界を保っていたのだ。それがもうすぐ訪れる十八歳の誕生日を前にして、枷から解放されようとしているのだろうか。

たしかにそれは悪いことではない。規制されていた生活はさぞかし窮屈だっただろう。女王の子として、ただでさえ制約の多い日常なのに、さらに身代わりがバレないようにふるまわなければならないのだから。

そんな生活を強いたのは女王とヒースだ。だからこそ罪滅ぼしのように侍従の真似事をしたり、優しく接したりしてきた。

ロデリックはじっとヒースを見上げていた。そして侍従たちがお茶の用意を完了したのを見て、

「しばらく下がっていてくれ」と命じる。静かに下がっていく侍従たちが扉を閉めた。

「ヒース、いい機会だから、話をしたい」

ロデリックが急に大人びた表情を見せた。なにかを決めたような顔だと感じた。

ティーテーブルに向かいあって座り、熱いお茶をひとくち飲む。高ぶっていた神経がすこし落ち着いた。ロデリックはティーカップを指先で弄《いじ》りながら、「聞きたいことがある」と切り出した。

「僕とイントッシュが親しくすると、我が国はなにか不利益を被《こうむ》る可能性があるの？」

真正面から国政に関する事情を聞かれるとは思っていなかった。ロデリックはいままでヒースの言葉に疑問を表すことなくすべて受け入れて納得していたからだ。

「……殿下はいま女装してジェニファー殿下の身代わりになっています。はたから見たら、同年の未婚の男女が交流しているようにしか見えません。一度は結婚話が持ち上がった王子と王女ですから、それが本当になるのかと勘ぐる者がかならず出てきます」

「二人きりで会っているわけじゃない。ジェニファーがかならず同席している。そもそもイントッシュにはまだ結婚する気がない。最初に、国の格が釣り合わないのに結婚話を勝手に申し入れた祖父と父親のことを謝ってくれたんだ」

それは意外な話だった。

「イントッシュは父親といっしょにいるとなにも話せないけど、ひとりならきちんと自分の言葉で自分の気持ちを口に出せる、普通の十八歳の青年だった。僕たち、国の事情はほとんど話題にしない。我が国の不利益になるようなこと、なにも言っていないと断言できる」

毅然《きぜん》とした態度でそう言ったロデリックは、もう少年ではなかった。以前から凛《りん》とした佇《たたず》まいには気品があり、聡明そうな目が魅力的な王子だったが、いまは威厳のようなものも備わりつつある。さすが、あの女王の息子だと思った。

「では、三人でいったいどんな話をしているのですか」

「いまなにを勉強しているかとか、面白かった本を貸してあげたり、こちらの庭を散歩して花を摘んだり。イントッシュは植物学に興味があるみたいで、ラガルド王国とこの王城の庭に植えられたものがまったくちがうと言って、庭師を摑まえて話を聞いたこともある。ずいぶん気候がちがうみたい。僕とジェニファーはそれに付き合っているうちに興味が湧いてきて、植生の辞典で調べてみたりしているんだ。カードで遊ぶこともある。イントッシュはなかなか強くてね。昨日は時間を忘れて熱中してしまった」

ロデリックはにこやかに友人付き合いの内容を報告してくれた。たしかに健全な交流をしているようだ。侍従たちの目もあるし、やましいことはなにもないのだろう。

「よその国で生まれ育ったイントッシュと話していると、自分の世界がどれだけ狭かったのかよくわかる。世界は広いよね。ヒースは外交の指揮も取っているから、周辺諸国にも行くでしょう？　うらやましいな。僕も早く成人して、いろいろなところへ行ってみたい」

窓の外へ視線を向け、ロデリックは夢見るような表情になる。かごの鳥だった深窓の王子が、まさに広い世界へと飛び立とうとしているようだった。

ヒースの中に焦燥感が生まれる。じんわりと額に汗をかいた。

大切に庇護《ひご》してきた王子が、手の中から逃げてしまうようで――。

「イントッシュの父親が少々難ありの人物なのは、僕もジェニファーもわかっている。だからできるだけ彼には関わらないように気をつけているよ。あくまでも僕たちが交流しているのはイントッシュだけで、父親は絶対に同伴しないようにとお願いしている。そして、イントッシュとジェニファーの結婚は万が一にでもあり得ないことも、おたがいにしっかり確認しているから」

いつのまにか、ヒースが説得されているかたちになっている。

「僕とジェニファーの誕生日まで、あと一カ月を切ったね。やっと成人になれるのが、僕は嬉しいよ。本来の姿に戻れる。日焼けを気にせず乗馬したり、剣を習ったりしたい。いまから楽しみなんだ。誤解しないでもらいたいのは、ジェニファーのため、母上と父上のため、国のために身代わりを務めてきたことは後悔していないということ。この七年間、何度か怖い目にあったけれど、ジェニファーを守れたのは誇りに思っている」

自信に満ちた笑顔は神々しいほどだった。ヒースは椅子に座っていなければ、床に両膝をついてひれ伏していただろう。圧倒されて、なにも言えない。

「生意気なことを言って、ごめんなさい……」

ヒースが絶句しているのを悪い方へと受け取ったのか、ロデリックがしゅんと肩を落とす。

「いえ、殿下が謝る必要はなにもありません」

急いで言葉を捻《ひね》り出した。

「私の方こそ謝罪しなければいけないと思いました。殿下がそれほど深くお考えとは存じ上げず、余計な口出しをしてしまいました。申し訳ありません」

「ヒースこそ謝らなくてもいいよ。いつも国のことを第一に考えてくれてありがとう」

静かに微笑んだロデリックは、視線を落として自分の手元を見た。伏せた睫毛《まつげ》が金色に輝いている。

頰の丸みがいつのまにか減り、子供っぽさよりも凜々しさをつよく感じるようになっていた。

もう大人なのだ。手元から飛び立ってしまう、と勝手に焦燥感や寂寥《せきりょう》感を抱いたのは、傲慢だった。

ロデリックはひとりの青年になろうとしているのだから。臣下として王子の成長を喜ばなければならない。

「ねぇ、ヒース」

「はい」

くっと顎を上げて目を見つめてきたロデリックを、ヒースは見返した。白い頬がわずかに赤くなっている。

「僕、あなたのことが好きだよ」

凍りついたように動けず、ヒースは言葉を失った。

まさか、いまここで、真正面から告白されるとは思ってもいなかった。心の準備もなにもない。ただただ驚愕して、ヒースは瞬《まばた》きすらできなかった。

ロデリックは啞然としているヒースに、悲しそうな笑顔を見せた。

「いまさらだよね。ヒースはとうに知っていただろうけど、言っておきたくて」

「あの、殿下……」

なにか言わなければと口を開いても、考えがまとまらず、言葉が出てこない。

「いいんだ、ヒース。返事はわかっているから」

え、なにが？

「本当は十八歳の誕生日が来てから言うつもりだったんだ。でもいま、二人きりだし、どうせもうすぐ誕生日だし、いい機会だから言ってしまった。好きになってごめんね。迷惑だとわかっていたけど、あなたに惹かれる気持ちは止められなかった」

ちょっと待て、なぜ謝る。なぜ諦める方向へ話が——。

いや、たしかに王子と臣下であるかぎり、どうにもならない。十八歳もの年の差もある。ここで自分もおなじ気持ちだと告げてどうする。いたずらにロデリックの心を乱すだけだ。けれど、迷惑だと思われていることだけは否定したい。

「殿下、あの……」

「ヒースがいつも僕に優しくて、わがままを聞いて侍従の真似事をしてくれるのは、身代わり役への労いだとわかっていた。でも僕は嬉しくて、僕だけのヒースになってくれたみたいで、楽しみになっていたところがあった。いままで、ありがとう」

永遠の別れのような言い方をされ、ヒースは青くなった。

「殿下、その、お気持ちを話してくださってありがとうございます。ですが、宰相の職務を超えて私が殿下にお仕えしていたのは、身代わり役の労いのためだけではありません。そうすることが私にとって自然だったからです。私は心から殿下にお仕えしたく――」

「うん、ありがとう」

微笑んだロデリックの碧い瞳には、諦観が滲んでいた。どっと背中に汗が吹き出す。非常にまずい展開になっている。

「誤解なさらないでください。私は殿下のお気持ちを迷惑だなどと思っていません。たいへんありがたく、嬉しく思っています」

「ヒースは優しいね」

ふふっと笑ったロデリックは、ひとつ息をつくと「読書の続きをしたいんだ」とヒースに退室を促してきた。ロデリックはもう結論を出してしまっている。なにを言っても聞き入れてくれそうにない、透明な殻に閉じこもってしまったような頑《かたく》なさを感じて、ヒースは途方に暮れた。

遠くを見つめているロデリックに、ヒースはそれ以上なにも言えず、なにもできることがなかった。


女王の執務室で、ヒースは宰相としての仕事に従事していた。

貴族議会にベアトリスが出席することは少ない。ほとんどの場合は議事録を提出し、ヒースが口頭で補足的な説明をする。議事録に書かれていない、議員たちの様子も女王は聞きたがるので、覚えているかぎりのことをヒースは話した。

「なるほど、わかった」

ベアトリスが頷いたところで、いったん議会に関する話は終了した。

「それで、アクランド伯についてはどうなっている？」

「まだ確たる証拠は摑めていません」

現在、前王朝復活を目指す集団の、過激派の頭領と目されているのが、アクランド伯爵という男だ。いままでだれが過激派の頭領かわからなかった。過激派は少人数の班がいくつもあり、それぞれが個別に活動している。強い指導力でだれかが破壊工作や暗殺を指示しているわけではないため、頭領が不明だったのだ。

それがこの一年ほどのあいだに、いくつかの班を摘発することができ、尋問により頭領に関する貴重な証言を得た。彼らの地下集会にはめったに姿を現さないらしく、明確な名前こそ出てこなかったが、人相風体《ふうてい》から急浮上したのがアクランドだった。

アクランド伯爵家は国内貴族の中では歴史が古く、前ベックフォード王朝では重用されていたという。かつての領地は肥沃な土地だったという記録がある。しかしいまは権力を失い、生産性の乏しい場所に追いやられていた。

そのため、アクランド伯爵家の経済状態はあまりよくない。一家は慎《つつ》ましい生活を送っている。いまでも貴族議会の末端に名前は残っているが、現当主の発言力はあまりない。存在感が希薄で、出席しているのかどうかすら、あまり把握されていないほどだ。けれど、だからこそ長年、存在が摑めなかったのかもしれない。

ヒースは裏付けのため、部下に調査を命じている。アクランドの屋敷を見張らせ、行動のすべてを報告させていた。しかし、いまのところ不審な者と会っている様子はなく、連絡も取っているようには見えない。なにか特別な方法があるのかもしれなかった。

「アクランド伯ではないのか？」

「いえ、まだそう結論づけるのは早いと思います。なんの根拠もなく名前が出てくるとは考えられませんから」

「そうだな……」

ベアトリスは思慮深い目で頷く。

「われわれの締めつけにより、過激派の実行班はすでにかなり数が減っていると思われます。焦りのあまり行動に粗が目立つようになり、ここのところさらに摘発が進みました。ここで頭領を特定し、捕縛することができれば、奴らの壊滅は近いでしょう」

そうすれば、女王一家がより安全になる。権力構造上、女王たちから暗殺の危険がなくなることはないだろうが、減るのは確実だ。十八歳になると同時に身代わりが終わると、ロデリックは楽しみにしている。ロデリックとジェニファーがのびのびと暮らせるようになってほしい。

「では、引き続き調査を頼む」

「かしこまりました」

ベアトリスはふたたび手元の議事録に視線を落とす。その顔を、ヒースはなんとなく見つめる。

ロデリックに似ているところはないか、無意識のうちに、探してしまう。基本的にロデリックは父親のディクソン似なのだが、やはりどことなく顔の輪郭や唇のかたちなどに共通する線があるように思う。

ロデリックの部屋で、告白されたあとに突き放すような言葉をかけられてから数日が過ぎていた。

ヒースは表向き変わらず宰相の仕事をしていたが、気を抜くとあのときのロデリックの真剣な顔を思い出してしまい、冷静さを失っていた。好きだと告げられた直後は戸惑いが大きかった。しかし、時間がたつにつれて告白された喜びに胸の鼓動が高鳴った。好意を抱かれているだろうと感じてはいたが、実際にそうと言葉で告げられた幸福感は三十五年の人生ではじめて経験するものだった。

あのとき、ヒースは自分もおなじ気持ちだと告げられなかった。言ってもどうにもならないとわかっていたからだ。そのせいで、ロデリックは拒絶されたと思っているだろう。

本当は愛していると、あの王子に告げてしまいたい。いますぐロデリックのもとへ駆けていって、抱きしめてしまいたい。けれどそれはできない――。

人生初の幸福感は、たまらないほどの寂寥感、そして罪悪感とともにヒースの中に沈んでいた。

ベアトリスが顔を上げた。

「なんだ、私の顔になにかついているか？」

「いえ、いつも変わらずお美しいと思っていました」

「世辞はいらん。なにか言いたいことがあるなら言え」

ベアトリスが冷静な目で促してくる。

（ロデリック殿下を愛しています――と告白したら、女王陛下はどうするだろうか）

そんな意地の悪い、自棄《やけ》くその発想が浮かぶ。

ヒースはもちろん、みずから破滅の道へ突き進むようなことはせず、イントッシュの件を話した。

「……ジェニファー王太子殿下とロデリック殿下のことで、いささか気にかかる事項があります。ラガルド王国のイントッシュ王子と個人的に交流しています。我が国はラガルド王国と商業に限って取引はありますが、王族と親交を深める予定はありません。イントッシュ王子とは、すでに断ったとはいえ結婚話もあったことですし、交流は控えた方がよろしいのではないでしょうか」

感情がこもらないよう、できるだけ平坦な口調をこころがけて話した。

「それについては、息子たちから聞いている」

ベアトリスは執務机に頬杖《ほおづえ》をついた。赤銅色の瞳がまっすぐヒースを凝視してくる。なにもかもを見透かすような力を感じるのは、やましい気持ちがあるからか。

ヒースはさりげなく視線を逸らす。

「どうやらロデリックはイントッシュ王子と友情を築きたいようだ。お茶会に頻繁に招待している。ちゃんと女装して会っているようだし、ジェニファーも同席している。侍従長も控えているので、それほど心配はないだろう。そもそも二人にはまだ国政のなんたるかを学ばせていない。たとえイントッシュ王子が間諜《かんちょう》のような働きをしようとしても、あの二人からはなにも聞き出せないだろう」

ベアトリスは楽観的な見方をしているようだ。以前と変わらずラガルド王家と縁戚関係になるつもりはないが、個人的な友人になることに抵抗はないらしい。どうせ滞在期間が終われば帰国すると考えているのだろう。たしかにそうなのだが。

「しかし、特定の国の王族とだけ親しくなるのはいかがなものかと」

「なんだ、オルムステッド卿《きょう》、やけにしつこいな。私は構わないと言っている。ロデリックにはロデリックなりの考えがあって、イントッシュ王子と親しくしているのだ。私は息子の自主性を尊重したい。なにか問題が起これば、あの子はディクソンか私に相談してくるだろう」

ベアトリスは自分の子供たちを信用している。それだけ育児に力を入れてきたし、愛しているからだ。ディクソンも常識的で家族愛に溢《あふ》れた人物だった。家族で団結している。

「もしかして、おまえ……ロデリックに近づく者が気に入らないだけか？」

「ちがいます」

即座に否定したが、ベアトリスが意地の悪そうな笑みを浮かべている。ヒースは胸に秘めたロデリックへの想いを、だれかに悟られるようなヘマをしたことがない。だがベアトリスには知られているような気がしていた。母親の勘というものがヒースの邪《よこしま》な感情を察したのだとしたら、対処のしようなどない。

「オルムステッド卿、そろそろロデリックとは距離を置け」

恐ろしいひとことが浴びせられた。

「あの子たちは、あと半月ほどで十八歳になる。もう成人だ。おまえがロデリックを可愛がってくれているのはわかっているが、自分の立場をわきまえろ」

はっきり言われて、ヒースは俯くことしかできない。

「私とディクソンは、あの子たちの結婚を考えはじめている」

ヒースは雷に撃たれたかのような衝撃に、呼吸さえ止まりそうになった。

結婚。ロデリックが、結婚――。

ジェニファーは将来の女王として、伴侶を得ることは当然だと思っていた。けれどロデリックまでも結婚するとは、愚かにもヒースはまったく考えていなかったのだ。

「過激派のこともあり、あえていままで婚約者を決めないでいたが、もう年頃だ。国内貴族の中から年齢が釣り合う子女を選び、順番に会わせていくつもりだ。私の一存では決めない。相性というものがあるからな」

婚約者を決めてしまうと、その人物も過激派の標的にされる恐れがあったため、女王は子供たちが成人するまで待っていたのだ。過激派を根絶やしにしたわけではないが、もう待ってはいられないということだろう。

「この件に関しては、議会の干渉を受けない。そのあたりのことを、周知徹底させてくれ」

「……承知しました」

ヒースは抜け殻のようになりながらも、なんとかベアトリスの前で醜態を晒すことは避け、女王の執務室をあとにした。

◇

「ああー、また負けた」

ジェニファーが手に持っていたカードをテーブルに投げた。

「もう休憩だ、休憩」

男装しているのをいいことに、ジェニファーは椅子を蹴ってズカズカとカウチへ大股で歩いて行き、ごろんと横になった。両脚を投げ出し、侍従に「お茶を淹れて」と命じている。そんなジェニファーを呆れた目で見遣《みや》り、ロデリックは苦笑いしているイントッシュに「ごめんね」と謝った。

「いいんだ。勝てないとイライラするのは当然だから」

三人でカード遊びをしていた。イントッシュは記憶力がよくて、こうした遊戯に強い。十回対戦すると、六回はイントッシュが勝ち、三回ほどロデリックが勝てる。ジェニファーは一回勝てればいい方といった感じだ。

「手っとり早く、カードが強そうな者にコツを教えてもらおうかな」

ジェニファーがそんなことを言い出したので、ロデリックは苦笑した。

「強そうな者って、だれ？　いままで侍従たちなら誘ったことはあるけど……」

「ヒースなんか強そうじゃない？」

唐突にヒースの名前が出されて、ロデリックは動揺した。手に持っていたカードの束を危うく落としそうになってしまう。

（ヒース……）

彼の名前を呟けば、生々しい胸の痛みがすぐによみがえってくる。

勢いで告白してしまってから、もう何日もたっていた。

（あんなこと、言わなければよかった）

長年の片想いは本人に知られていただろうが、それとはっきり言葉にするのとは大ちがいだ。

あれ以来、ヒースはロデリックと二人きりにならないようにしているふしがあった。身代わりの労いも、言葉だけになっている。触れてこない。

よそよそしいヒースの態度が悲しかった。けれど全部、自分のせいだ。王子から告白されて、ヒースはきっと困っただろう。最初からこの恋が成就するとは思っていなかったから、距離を置かれて残念ではあるが、仕方がない。

これからは王族と臣下の適切な距離を模索していき、それに慣れていかなければならなかった。

「ヒースって、宰相のオルムステッド卿のことだよね？　そんなことしてくれるのか？」

イントッシュの疑問に、ジェニファーは笑った。

「してくれないと思う。カードはいさぎよく諦めようかな。私は剣を振り回しているほうが性に合っているんだ。次は外で剣の打ちあいをしようよ」

寝転がったままジェニファーがそんな提案をしてくる。お茶の用意をしていた侍従長が、「できればそれは……」と難色を示した。

「無理を言ってはだめだよ。剣はなし」

ロデリックが笑いながらもはっきりダメだと言うと、ふて腐れたような顔をする。ジェニファーはイントッシュの前でもずいぶんと感情を隠さなくなった。それはロデリックとイントッシュもおなじで、三人は何度も会ううちに、気安い友人になることができていた。

式典から十数日が過ぎ、招待客の半数ほどがすでに帰国している。王都は落ち着きを取り戻しつつあった。イントッシュもあと一週間くらいで帰るらしい。

「……会えなくなるのは、寂しいね」

ぽつりとこぼしたロデリックに、イントッシュが真顔になって頷いた。

「ずっとここにいたいな」

イントッシュは窓の外に視線を向けて、だれにともなくそう呟いた。ロデリックとジェニファーはなにも言えない。

寂しいだけじゃなく、ロデリックたちはイントッシュが母国でどんな生活を送るのかが心配だった。

建国五年の新興国はやはりなにもかもが不安定らしく、それを国王の強権が抑えているようなものだという。成人したイントッシュは、後継者候補として父親とともに国軍に配属されている。マンフレッドは将軍だ。彼は実際に戦場を駆け回り、建国に貢献した人物なので、ふさわしい地位といえる。

イントッシュは副将軍になる予定だと聞き、ロデリックとジェニファーは椅子から転げ落ちそうなほど驚いた。建国時、イントッシュはまだ十三歳だった。戦場など経験していない。成人したからといって、いきなり副将軍という肩書きを与えるのはどうかと思う。

けれどラガルド王国の現国王レジナルドとマンフレッドは、世襲制であることを世間に知らしめるため、イントッシュが軍の重職に就くのは当然だと考えているらしい。理屈はわかるが、今後、ラガルド王国に内紛が起こったり、近隣諸国と衝突したりする可能性は高い。はたしてイントッシュが戦場で活躍できるのだろうか。

実際に先陣を切って戦闘に出る必要はなくとも、兵士を鼓舞して戦わせる力がなければならない。一応、戦略戦術について学んではいるようだが、興味がないものは頭に入らないのが人間だ。イントッシュは悩んでいた。

それに、もうひとつ。イントッシュには親が決めた婚約者がいる。建国に貢献した重臣の娘だという。帰国したら結婚することになっており、それもイントッシュを憂鬱にしていた。

「君たちには想像もできないかもしれないけど、ラガルド王国では権力と財力を持った男に取り入るため、女たちが醜い争いを繰り広げている。そこに愛はない。ただ贅沢《ぜいたく》な生活をしたいから、男の寵《ちょう》を奪いあう。そして一回でも多く男の精を搾《しぼ》りとり、子供を産もうとしている。祖父も父も、正妻以外に何人も妾《めかけ》がいて、たくさんの子供がいる」

イントッシュが語るラガルド王国の王族の様子は、たしかにいまのダヴェルニエ王国とはちがっていた。けれど権力者に人が群がるのはよくあることで、たまたまロデリックとジェニファーの両親がおたがいだけを深く愛し、慎ましく暮らしているだけだ。

しかし「よくあること」で片付けられないほど、イントッシュは身近で繰り返されている女たちの争いに疲れ、絶望していた。国王レジナルドの正妻は建国当時に暗殺されている。食事に毒が盛られていた。謀ったのは愛妾《あいしょう》のひとりとすぐに判明し、母親の殺害に激怒していたマンフレッドがみずから愛妾を斬ったという。

そのマンフレッドの愛妾たちもおたがいに蹴落としあい、殺しあい、イントッシュは何度も悲惨な現場を目の当《ま》たりにしたらしい。イントッシュの異母兄弟は十人もいるが、そのうちすでに半数の五人が亡くなっている。死因はなんらかの毒物による死が多いという。

話を聞くだけで、その凄惨《せいさん》さにロデリックとジェニファーは戦慄した。

「僕は女性が怖い」

絞り出すような声で告げられた言葉。イントッシュは話しながら肩を震わせていた。

「保身のためなら人の死を望む女、殺される前に殺せと子供たちに教える母親——。つねに疑心暗鬼で、毒味役の使用人を連れて歩き、気が休まるときなどない。僕がいま生きているのは、運がよかっただけだ。他国にいる方が安心して食事できるなんて、信じられないだろう？」

「イントッシュ……」

ロデリックは友人の細い背中をそっと撫でた。

「きっと私の妻になる人も、暗殺の可能性に怯えながら暮らすことになるだろう。もしかしたら妻こそが、私を暗殺するかもしれない。だれかに頼まれて、私の食事に毒を入れるかもしれないんだ」

下手な慰めなど言えない。ロデリックはただ優しくイントッシュの肩を抱いた。

重苦しい沈黙が部屋の中を支配して、もうこのまま暗黒の世界に落ちていくしかないのではと途方に暮れていたとき、「そうだ、いいことを思いついた」とジェニファーが起き上がった。

「留学したら？」

いきなりそう言った。

「この国に留学するって言ってしまえばいいんじゃない？　私たちが仲良くなったのはマンフレッド王太子殿下も知っているわけだから、両国の国交を正常に結ぶための布石としてとかなんとか理由つけて、ここに来てしまえば？」

難易度が高そうな提案だが、かなえられなくもない案かもしれない。

「そもそも、イントッシュは兄弟が何人もいるんでしょう。なにも長子が後継にならなくても、と考え直してくれないかな。イントッシュは植物学に興味があるんだから、母国の農業の発展のために学ぶとかなんとか」

「留学か……。いいね」

イントッシュが儚《はかな》く笑う。摑むことができそうにない、遠い遠い夢を語るような口調だった。

「私もこの国で君たちと過ごしたいのはやまやまだけど、父が許すとは思えない」

「そうだよね。ごめん、無責任なこと言ってしまって」

「ううん、私のことを考えてくれて、ありがとう」

柔らかな声音でジェニファーに感謝するイントッシュは、どこからどう見ても副将軍ではないし、毒殺の恐怖に打ち勝てる強さを持っているようには思えなかった。まだ十八歳なのに、そんな重責を背負わされて、本当に大丈夫なのだろうか——と、ロデリックはため息が出た。

無理な話かもしれないが、ヒースに相談してみようか、とロデリックは思いつく。

彼は頭がいいから、きっと名案が浮かぶのではないだろうか。いや、ロデリックとイントッシュの親交をこころよく思っていないから、協力なんてしてくれないだろうか。それに避けられている……。

「とりあえず、帰国までのあいだ、時間があったらいつでも会いにきてよ」

ロデリックが努めて明るく言うと、イントッシュは頷いた。

友人のためにも、やはり一度は宰相であるヒースに話をしておこうと思った。

◇

ロデリックが女装姿でひとり、宰相の執務室を訪ねてきた。

バートラムが驚きながら迎え入れる。執務机にいたヒースも立ち上がった。

「殿下……！」

「どうなさいました、こんなところまで」

「仕事中なのに、突然すまない。ヒースに話がある」

ロデリックは緊張した面持ちながら、執務室の中を見回す。ヒースの仕事部屋にロデリックが足を踏み入れたのは、片手で足りるほどの回数しかない。用事があるときはいつも、ヒースを自室に呼び出していたからだ。

ヒースは席を立って執務机をまわりこみ、ロデリックをソファへと促した。

「私に話ですか。呼んでくだされば、お部屋まで参りますのに」

「いや、今回は私の友人の話なので、ここまで自分で来なければと思った」

友人と聞いてすぐにイントッシュのことだと察したヒースは、眉間に微妙な皺を寄せてしまった。不機嫌な空気を察したのか、ロデリックはわずかに怯んだ顔をする。けれど毅然とした態度を保ちながらドレスの裾をひらめかせ、ソファに腰を下ろした。バートラムが気を利かせ、「では私は席を外します」と退室していった。

二人きりになったのは、あの告白の日以来になる。意識的にヒースはロデリックを避けていた。身代わりの労いは言葉を贈るだけにとどめ、その身には触れなくなった。侍従の真似事もしないし、ダンスの練習相手もしない。ピアノを聴くこともなかった。

ヒースの態度があからさまに変化したことに、ロデリックは一切言及してこない。そういうことなのだと納得してくれたと解釈している。

宰相としてロデリックの向かい側のソファに座り、「では、お話を伺いましょう」と目を見つめた。汚れのない澄んだ瞳がヒースを見つめ返してくる。なにも思わないでいることなどできない。愛しさが溢れそうになってしまう。けれどヒースは、無表情を貫いた。

「イントッシュのことだ」

ロデリックは切り出した。

「彼をなんとかしてダヴェルニエ王国に迎え入れることはできないだろうか。イントッシュからラガルド王国の実情を聞けば聞くほど悲惨で、彼の行く末が心配でならない。つねに暗殺の心配がある生活を送っているらしい。彼自身も、国に帰ることが辛《つら》いとこぼしていた。いったんは帰国しなければならないだろうが、なんらかの理由を作って出国させられないだろうか」

ロデリックは真剣に友人の今後を憂いているようだ。その気持ちはヒースにも伝わってくる。

しかし――。

「殿下、国の外交というものは、それほど単純ではありません。一国の王太子の子息をそう簡単に出国させられる方法などありませんよ。しかも数日の短期間ではなく、数年、あるいは十数年を想定していますね？　無理です」

「そこをなんとか、策がないか考えてほしい。ヒースならなにか名案があるのではないか？」

ずいぶんと買い被《かぶ》られたものだ。それだけ国の頭脳として頼りにされているのならば嬉しいが。

「出国して他国に長く滞在できる理由があるとしたら、王族との結婚でしょう。しかも婿入りでなければなりません。けれど我が国は一度、結婚話を断っています。再度の申し込みがあっても女王陛下がお許しになるとは思えません。そもそもジェニファー王太子殿下は望まれていないでしょう。それとも国内貴族の令嬢をあてがいますか？」

「それは――無理だ」

ロデリックが辛そうに目を伏せる。

ラガルド王国とは深い繋がりがなく、今回の式典の招待自体、あくまでも周辺諸国と同程度の扱いをしたにすぎない。国情が不安定な新興国は、いつまた乱れるかわからないため、深入りして巻きこまれたら面倒なことになる。自国にいたままではイントッシュの身に危険が及びそうだからと、我が国が保護する義理はなかった。

「ヒースはイントッシュが暗殺されてもいいと言うのか」

苛立ち紛れのロデリックの発言に、ヒースはついため息をついてしまった。

「殿下、国にはそれぞれ事情があります。王族内の揉め事に干渉はできません。暗殺の恐れがあるならば、自衛するしかないのです。我々はそうしているではないですか」

ハッとしたようにロデリックが目を見開く。ジェニファーを守るために七年以上も身代わり役を務めていることを、ロデリックはいまさら思い出したようだった。

十八歳の誕生日まで、あと数日。ロデリックは晴れて本来の姿で人前に出られるようになる。すべてはジェニファーを守るための苦労だった。

「暗殺の恐れがあるのは、我が国もおなじです。ですから近衛騎士で王族方の周辺を警戒し、不穏分子の摘発に力を注いでいます。イントッシュ殿下もご自分の命が惜しいのなら、自衛にいそしむしかないのです。わかってください」

あえて他国の火種を身の内に引きこむことほど愚かなことはない。ヒース個人としては愛する王子の願いをかなえてやりたかったが、宰相としては無理だった。なによりも自国の利益のために、すべてを考えなければならないのだ。

ロデリックは瞳を潤ませ、「ヒース、お願い。なんとかならないか」と再度訴えてくる。

「できません」

心の中で苦悶《くもん》しながら首を横に振った。

愛する王子の願いをかなえてやりたい思いはあるが、できることとできないことがある。

それに、他の男のためにヒースを頼ってきたところが気に障った。ロデリックはヒースの秘めた想いを知らない。だからそんな配慮を求めること自体がおかしいのはわかっている。けれど感情は、ときと場合によっては理性で宥められないものなのだ。

「イントッシュのために、なにかしてあげたいのだ。私の大切な友達を、救ってあげたい。彼は帰国したらすぐに結婚する予定らしい。親が決めた、顔も知らない女性だと言っていた。イントッシュは女性が怖くて、結婚についても恐怖心を抱いている。かわいそうだ……」

ロデリックが項垂《うなだ》れる。女装しているため髪を結っていて、きれいなうなじが露わになっていた。大胆に背中が開いているドレスのため、白い肌が惜しげもなく晒されている。いまの流行がこの意匠だとわかっていても、ヒースは面白くなかった。男を誘っているように見えてしまう。

いつまでも、自分だけの王子でいてほしいのに。

自分勝手な要求だ。わかっている。とんでもなく不敬だということもわかっている。

けれど苛立ちが募ってしまうと、理性が危うくなる。純真無垢なロデリックを傷つけたいという嗜《し》虐《ぎゃく》的な欲望が生まれそうになってしまうのだ。これが可愛さあまってなんとか、という感情だというのは見当がつく。

「殿下は、他人の結婚を気の毒がって、気を取られている場合ではありませんよ」

どういうことか、とロデリックが澄んだ瞳を向けてくる。

「女王陛下はあなたの結婚をお考えです」

「えっ……」

なにも聞いていなかったにちがいない。自分自身の結婚など、おそらく微塵も考えていなかったロデリックは、愕然とした顔をした。

「僕が、結婚？」

「もうすぐ十八歳にお成りです。まずは婚約からでしょう。王族としては遅いくらいです。もちろんジェニファー王太子殿下のお相手も選考中です。近いうちに陛下からお話があるでしょう」

丸く見開かれた碧い瞳が、みるみるうちに潤んできた。薄化粧をほどこした顔が白くなる。赤い唇がわななわなと震えた。

「ヒース……僕の気持ちを知っていて、そんなことを言うんだ……」

「殿下……」

はっきりと傷ついた表情をしたロデリックに、ヒースは我に返る。

「殿下、あの……」

「僕はまだ結婚なんて考えられない。あなたのこと、まだ好きだから……」

ぼろり、と大粒の涙が白い頬をころげ落ちた。続いて、ぼろぼろと涙が溢れてくる。声もなく、ただ滝のように涙を流して泣いているロデリックを見たのははじめてで、自分のせいだと思うと目の前が真っ暗になった。

泣かせるつもりはなかった。こんなふうに言うべきではなかった、と後悔しても遅い。発してしまった言葉はもう取り消せない。

「殿下、殿下、申し訳ありません」

おろおろと立ち上がり、ロデリックの前に膝をつく。なにか涙を拭くものをと視線を巡らせたが、適したものが見つからない。

「あの、殿下、大変失礼な言い方をしてしまいました。すみません。私がすべて悪いです。本当に申し訳ありません」

なんと謝罪していいかわからない。いつもは明晰《めいせき》なはずの頭脳が、ロデリック相手だと役に立たなくなるのは以前からだった。けれどここまで碌《ろく》な言葉が浮かんでこないのは過去になかったような気がする。

ロデリックは小さくしゃくり上げながら、ドレスの胸元から練り絹を引っ張り出した。胸の詰め物だろうか。それで涙を拭き、立ち上がる。

「仕事の邪魔をしてすまなかった。イントッシュのことは、母上にも相談してみる」

これほど泣きながらも友人を助けたい気持ちを諦めていないロデリックに、ヒースは驚いた。

「殿下、しかし……」

「僕の結婚について、母上からどんなふうに聞いたのか知らないが、あなたにだけは口を出されたくなかった。もう、とうぶん顔を見たくない」

赤くなった目できつく睨むようにされ、ヒースは凍りついた。その隙にロデリックは執務室から逃げるように出て行ってしまう。

もう顔を見たくない――。

言い捨てられた言葉が矢のように胸を貫き、猛烈な痛みとなってヒースを打ちのめした。

ロデリックからの明確な拒絶。好かれていることにいい気になっていたと、いまさら自覚した。

なにを言ってもなにをしても、ロデリックは自分を好きなままだろうと高を括《くく》っていたのだ。そんなはずはないのに。

愛する王子に嫌われたかもしれない。

◇

ヒースはがくりと項垂れ、バートラムが戻ってきて声をかけてくるまで動けなかった。

読んでいた本から顔を上げ、ロデリックは窓の外を眺めた。

青い空を鳥が一羽、飛んでいく。それをなんとなく見つめていたら、「集中できないの？」とジェニファーに聞かれた。テーブルの反対側にいる妹は、ロデリックとおなじく簡素なシャツとズボンという格好だ。ペンで計算式を書いていた手を止めている。

「さっきから空ばかり見ているけど」

「うん……、いろいろと考えちゃって」

「イントッシュのこととか？」

「そうだね」

頷いて、ロデリックはため息をつく。二人でそれぞれ勉強していたのだが、ロデリックはあまり進んでいなかった。宰相の執務室までヒースを訪ねて行ったのは三日前。あのときのことは思い出したくない。ヒースの配慮のなさに大泣きしてしまったのは、恥ずべき行為だった。王族としてつねに冷静であれと教えられてきたのに、まさか人前でメソメソしてしまうなんて。

ヒースはなにもまちがっていない。臣下として当然の発言だった。イントッシュの留学話を不可能だと返答したのは国の利益を考えてのことだし、ロデリックの結婚についてもあと数日で成人する王子の今後としてはまちがっていない。母からそういう話があったのなら、なおさらだ。

きっとヒースは呆れただろう。ロデリックがあまりにも思慮が足りず、好きな人に別の女性との結婚話を振られただけで大泣きするなんて。

昨日の夜、母に時間を作ってもらい、ジェニファーとともにイントッシュのことを話した。

母はやはり「難しい」と答えた。ラガルド王国との関係は希薄で、他国の王族の事情に口を出せる状況ではないこと、むしろ内政干渉だと難癖をつけられ、心証が悪くなると予想できること。

ロデリックとジェニファーは意気消沈し、友人の行く末を憂いた。

「おまえたちに友人ができたことは、嬉しく思う。イントッシュ殿下はきっとよい青年なのだろう。力になれなくてすまない」

母はそう言い、双子を抱きしめてくれた。

イントッシュの方も、ダヴェルニエ王国に留学できないか、父親に話してみたらしい。けれど一蹴されたと苦笑いしていた。

ラガルド王国一行の帰国は、三日後に迫っている。これが永遠の別れになるかもしれない。手紙のやり取りくらいはできるだろうが、イントッシュの今後を思うと胸が痛かった。

「失礼します」

侍従が部屋に入ってきた。小さなトレイの上に、封書を載せている。

「ラガルド王国イントッシュ殿下からのお手紙です」

昨日のお茶会にも来てくれて会ったばかりだというのに、手紙が届いた。ロデリックとジェニファーは驚きながらも封書を受け取り、開封してみた。二人で顔をくっつけあい、便箋に綴られた文章を読む。

『ロデリック、ジェニファーへ。父に留学の話を再度頼んだら、お茶会への出席を禁止されてしまった。帰国の日が迫っている。どうしてももう一度、ジェニファーに会いたい。明日、指定の場所までひとりで来てもらえないだろうか』

内容はこうだった。二人は顔を見合わせる。

「え、待って、お茶会禁止って、もうこっちには来られなくなったってこと？」

「会いたいって、ジェニファーにだけ？　僕は？」

「いやいや、この場合、ジェニファーってロデリックのことでしょ」

「あ、そうか」

もう一度、手紙をまじまじと見る。筆跡はイントッシュのものだと思う。封筒と便箋は、迎賓館に置かれている通常のもので、どこかの国の紋章は入っていない。侍従に尋ねたら、ラガルド王国の従者から受け取ったという。

「この手紙、本物だと思う。イントッシュが書いたものだ」

「そうだね。僕もそう思う」

「どうする？」

「僕は行くべきだと思うけど。イントッシュの方から会いに来られなくなったのなら、こっちから行くしかないもの」

「うん、そうだね」

そういうことになった。

二人はすぐに自分たち専属護衛の近衛騎士を呼び、明日の外出について話した。そして準備しておくように命じる。出かけるのはロデリックひとりだ。ジェニファーのふりをしたロデリックが女装姿で行く。呼び出された先は迎賓館だが、用心するにこしたことはない。

場所は、ラガルド王国一行が滞在しているあたりではないようだ。侍従長を呼んで確認した。

「その区画は一昨日まで別の国の代表が宿泊されていたはずです。今日の昼までに清掃は終了し、現在は無人になっていると思われます」

「ではそこで僕と話がしたいということかな」

「お出かけになるのですか？　なにやら嫌な予感がいたします」

老侍従長は心配げな顔をする。ロデリックも突然の呼び出しに違和感があったが、迎賓館の中なのだから大丈夫だろうと自分を納得させていた。

手紙を言付けてきたのがラガルド王国の従者なのは確かだ。その手紙はイントッシュの筆跡。父親にロデリックたちのお茶会へ行くことを禁じられたという話も、マンフレッドならあり得ることだった。

「イントッシュに会えるのは、これで最後になるかもしれない。行ってくるよ。迎賓館の中だし、護衛も連れて行くから、それほど心配はいらない」

ロデリックの言葉に、老侍従長は小さく頷いた。

翌日、侍女に髪を結ってもらい、普段使いのドレスに着替えて、ロデリックは迎賓館へ向かった。王城の敷地内にある迎賓館へは馬車で行く。その馬車を六人の近衛騎士が騎乗してぐるりと囲み、腕の立つ騎士がロデリックと同乗していた。

迎賓館に着くと、ラガルド王国の従者だという中年の男が待っていた。迎賓館の中は人気《ひとけ》が少なかった。式典からもうすぐ一カ月になる。ほとんどの招待客は帰国したからだろう。

「こちらでお待ちください」

通されたのははじめて入る部屋だった。それほど広くないところに、六人掛けのテーブルと椅子があるだけで、庭に面していないのか窓がない。奥の壁に扉がひとつあった。窓がないため暗く、テーブルの上に燭台が置かれて蠟燭《ろうそく》が何本も灯《とも》されている。明かりがゆらゆらと揺れていた。

近衛騎士が二人、ロデリックとともに部屋に入る。残りの騎士は廊下で待機だ。

「おかしな部屋ですね」

騎士のひとりが部屋を見回して呟く。ロデリックは立ったまま、もうひとりの騎士が奥の扉を開けようとするのを見ていた。扉に鍵はかかっていなかったようだ。騎士が開けたと同時に、何者かが飛び出してきた。突き飛ばされるようにして騎士が倒れる。

「何者だ！」

ロデリックの前で騎士が剣を抜いた。飛び出してきたのは、さきほどの従者だった。隣の部屋は廊下側からも入れたらしい。丸腰の従者はニヤリと笑い、テーブル上の蠟燭を吹き消した。暗くなった視界に、ロデリックは愕然とする。

「うっ！」

目の前に立っていた騎士の呻《うめ》き声と、重いものが床に落ちる音が聞こえた。倒されたのか、と戦慄したつぎの瞬間、ロデリックは頭から大きな布のようなものを被された。上半身をそれで包まれ、両腕を拘束されたかたちになる。そのままひょいと体を持ち上げられ、担ぎ上げられた。

「何者ですか、イントッシュは？　私をどうする気です！」

バタバタと足を動かした拍子に靴が脱げた。

「お姫様、静かにしろ。殺されたいのか」

低く脅され、ロデリックはゾッとした。あまりにも平坦な声だったからだ。この男はロデリックのことなどなんとも思っていない。簡単に人殺しをしてしまいそうな非情さを感じた。

ロデリックは暴れるのをやめた。死にたくない。何度もジェニファーに代わって暗殺されそうになったが、慣れることなどなかった。それに、この男の目的はジェニファーの拉致だ。即座に殺さなかったのは、生きたまま捕えたかったからだろう。

非常時は冷静に、無謀なことはせずにおとなしく助けを待つ、と教えられている。ロデリックは自分が非力なことを自覚していた。抵抗しても無用なケガをするだけだ。

きっと母やヒースが助けてくれる。

（それに、ここは迎賓館の中だ。すぐに助けが来る）

ロデリックはそう考えた。けれどそれは甘かったと、じきにわかった。

従者はロデリックを担いだままどんどん歩き、外に出たのだ。景色が見えなくとも、日を浴びれば温度でわかる。

ロデリックは恐慌状態に陥りそうになった。

なぜこれほど大胆な犯行が可能なのか。

いくら迎賓館に人気がなくとも、だれかに見つかりそうなものだ。ラガルド王国の従者が、あきらかに尋常ではない様子で女性を担いで運んでいるのに。

つまり、迎賓館側に協力者がいるということだ。

ロデリックはイントッシュの手紙でおびき出されたのか。けれど手紙の筆跡はイントッシュのものとしか思えなかった。友人になれたと思っていたのに、騙《だま》されたのかもしれない。

にわかに怒りと失望が胸を埋め尽くそうとしたが、すぐに否定した。

（いや、彼はそんな人間ではない。ないと思いたい。もしかしたらだれかに脅されて、無理やり書かされたのかもしれない）

イントッシュは無事なのだろうか。はじめての友人の安否が気になった。

「それが王女か？」

「うまくいったぜ」

「おい、早く乗せろ」

待機していたらしい仲間と従者が会話をしている。ロデリックは荷物のように馬車らしいものに乗せられた。固い床に転がされ、馬車が動き出したのがわかる。

どこに連れて行かれるのか。

「こいつ、静かだな。死んでないよな？」

「乱暴なことはしていない。恐ろしくて声も出ないだけじゃないか？」

「お姫様だからな」

ともに馬車に乗りこんでいた従者と別の男が、笑い混じりにそんな言葉を交わしている。

その通り、ロデリックは恐怖のあまり震えることしかできなかった。

◇

近衛騎士が執務室に駆けこんできたとき、ヒースはバートラムといつものように仕事をしていた。

宰相の仕事は多岐にわたる。時間はいくらあっても足りないほどで、ヒースは過去の歴代宰相の中でも事務処理能力は高い方だと自負していたが、それでも朝から夕方まで毎日、国内のさまざまな問題を処理しなければいけなかった。

公共工事の工期の遅れが報告され、それについて現場の責任者に会って話を聞いた方がいいかどうかをバートラムと相談していたときだった。

「失礼します、宰相閣下」

荒々しく扉を開け、近衛騎士が飛びこんできた。額に汗を浮かべた精悍《せいかん》な顔つきの騎士は、ヒースがよく知る男だった。ロデリックの専属護衛だ。

騎士のせっぱ詰まった表情に、ヒースは非常事態が起こったのだとわかった。

「どうした、なにがあった？」

「ロデリック殿下が何者かに連れ去られ、現在、行方がわからなくなっております」

「なんだと？」

勢いよく立ち上がった拍子に椅子が後ろに倒れた。派手な音がしたがヒースは構わずに執務机をまわりこみ、騎士に迫る。

「どういうことだ？　なぜそんなことになった？　おまえたちはなにをしていた！」

「申し訳ありません」

「なんのための護衛だ！」

騎士に摑みかかる勢いのヒースを制止したのはバートラムだ。

「宰相閣下、落ち着いてください。まずは状況を説明してもらいましょう。すぐに対策を立てなければいけません」

頭に血が上りそうになったヒースは、諫《いまし》められてぐっと激情をこらえた。

ロデリックが何者かに連れ去られた——そんなこと、あってはならない。いったいどうしてそんなことになったのか。

「騎士殿、報告をお願いします」

バートラムに促され、近衛騎士が話し出した。

イントッシュから手紙が届き、ロデリックとジェニファーが相談の上、呼び出された迎賓館まで出向くと決めたこと。ロデリックが女装してジェニファーとして出かけ、いつものように近衛騎士たちが護衛についたこと。迎賓館にはラガルド王国の従者が待っていて、部屋に案内されたこと。しかし部屋の中で襲撃にあい、ロデリックが連れ去られてしまったこと――。

信じられない話だった。

「どういうことだ。我が国の迎賓館の中でロデリック殿下が拉致されたというのか」

「そのようです」

「なぜそんなことになった――いや、その点についてはこれから調査しよう。それで護衛たちはどうしたのだ」

「我々は迎賓館の中をくまなく探しましたが殿下を発見するにいたらず、宰相閣下の判断を仰ぐために報告に上がりました」

「建物の外は探したのか」

「庭の隅々まで探しました。建物内の倉庫まですべて確認しました。しかし殿下のお姿はどこにもなく……。おそらく外へ連れ出されたのではないかと」

迎賓館の出入り口は正面と通用門の二カ所だ。そのどちらも石畳が隙間なく敷きつめられ、人間の足跡や馬車の車輪跡などは残らない。

「目撃した者はいないのか」

「いま、近衛騎士たちが迎賓館の使用人たちに聞き取りをしています。ただ、招待客の大半が帰国したあとで、清掃などはほぼ終了しており、使用人たちもあまりいませんでした」

「バートラム、今日の時点で迎賓館に残っている国の代表は？」

ヒースの問いを予想していたのか、バートラムが引き出しから名簿を取り出していた。

「ラガルド王国と、南の小国ギグス王国のみです」

ギグス王国がジェニファーを拉致する理由がない。ラガルド王国の仕事とみてまちがいないだろう。

迎賓館は国賓級の客のための個室が二十、その従者と護衛の相部屋が五十ほどある。あわせて三百名ほどが宿泊できる客室と、お茶会や夜会などを催すことができる広間が大小あわせて十ほどある建物だ。今回の式典は国をあげてのもので規模が大きかったため、ほぼ満室だった。さらに、招待客を迎えるため、臨時で雇い入れた使用人は総勢二百名もいた。

そのほとんどが迎賓館から去っていたとしたら、ずいぶん閑散としていただろう。目撃者がいたかどうか、そこに期待して待っていては時間を無駄にしてしまう。それに、臨時雇用の使用人に協力者がいた場合、聞き取り調査をしてもどこまで信用できるか。

「イントッシュ殿下から手紙が届いた時点で、どうしてロデリック殿下は私にひとこと、相談してくだらなかったのか……。おまえたちも、私に報告するべきだろう」

「申し訳ありません」

騎士は青い顔で頭を下げる。ロデリックがヒースになにも話さなかった理由は見当がつく。イントッシュのことで、またヒースと言い争いになることを避けたかったにちがいない。それに行き先が迎賓館ならばそれほど心配はないと思ったのだろう。ロデリックはきちんと自分の近衛騎士たちに事情を話して、護衛をさせている。単独で行動したわけではなかった。

（ロデリック殿下が私になにも言えなかったことを責められない……）

自分の言動を悔やんでもいまさらだ。

「おまえたち近衛騎士は、迎賓館の使用人たちへの聞き取りはもう切り上げていい。それはこちらで引き継ぐ。王都警備隊と協力し、殿下の行方を追え。即座に王都全域で馬車の大小にかかわらず検問を実施するように。王都から出る馬車は重点的に。抵抗する者、不審者は片っ端から捕縛して尋問。ただしロデリック殿下の拉致は極秘事項だ。あくまでも秘密裏にことを進めろ」

ヒースの前にバートラムが素早く白紙の命令書を差し出してくる。立ったまま、ヒースはそれに必要事項を書きこんだ。宰相の印を押す。命令書を受け取った騎士は素早く執務室を出て行った。

「バートラム、迎賓館まで出向いて責任者に話を聞いてきてくれ。文官を何人か連れて行き、使用人たちの聞き取り調査の続きをさせろ。それと、拉致現場の検証も頼む。ラガルド王国一行の現在の動向も調べてくれ。イントッシュ殿下の手紙でおびき出されたのだとしたら大問題だ。手紙が偽物だとしたら、筆跡を似せたのだろう。その手紙もロデリック殿下の部屋に残されているとしたら回収してきてほしい」

「女王陛下へのご報告はどうなさいますか」

「……私が行く」

「わかりました」

踵を返すバートラムを見送り、ヒースは自分が倒した椅子を起こした。そこに座り、ひとつ息をつく。あやうく取り乱すところだった。なにがあろうと宰相は冷静を保たなくてはいけないのに。

できるならヒース自身が迎賓館まで駆けていって、拉致現場を見たいし責任者を問い質《ただ》したい。だが宰相が動いては目立つし、そこで平静でいられる気がしなかった。

(……ロデリック殿下……なんてことだ……)

ヒースは両手で顔を覆った。いまどこにいるのか、どんな目にあわされているのか、無事でいるのか、居ても立ってもいられない。

最後に会ったのは、イントッシュの留学を相談されたときだ。不可能だと答えたヒースに、ロデリックは悲しそうな顔をしていた。ラガルド王国とイントッシュが今回の事件にどこまで関わっているのかわからないが、なにも知らないはずがない。

(舐《な》められたものだ。新興国のくせに)

後先を考えない、おのれの力を過信している愚かな国め。ヒースはギリギリと歯が軋《きし》むほどに食いしばった。

しばらくそうして座っていたが、のろのろと立ち上がる。女王へ報告しに行かなければならない。

ジェニファーにも話を聞かなければ――。

子供たちを愛しているベアトリスが、どれほど激怒するか、どれほど嘆くか、どれほど心配するか想像できる。ジェニファーもロデリックを行かせたことを後悔し、激しく自分を責めるだろう。

気が重かった。

◇

ロデリックを乗せた馬車は、王都を出ようとしているようだった。

王都は外敵の攻撃から都を守るために、ぐるりと水堀代わりの川で囲まれている。川を渡る橋は東西南北に四カ所しかなく、そこで王都警備隊が出入りする人や馬車の通行証を確認するのが決まりになっていた。

王都に入る馬車や荷馬車は中まであらためることもあるが、出て行く分にはそれほど警戒されないことくらい、ロデリックは知っていた。御者が通行証を提示すれば問題なく通れてしまう。

馬車の速度が緩み、外で王都警備隊が橋を通る者たちに声をかけているのが聞こえてきた。

ロデリックは声を上げようとした。しかし、それを察したのか、頭から被せられていた布を外されると同時に、目の前に刃物を突きつけられる。

「お姫様、静かにしていろ。そのきれいな顔に傷をつけられたくないだろ？」

男の黒い瞳は虚《うつ》ろだった。なんの感情もない。その恐ろしさに、喉がきゅっと締まってしまう。

だがここで怯《ひる》んでいては、もっと遠くへ連れ去られてしまう。

「だれか助け――！」

バッと大きなてのひらがロデリックの口を覆った。鼻もろともぴっちりと塞がれて息もできない。

その手から逃れようともがいたが、下半身に体重をかけられた。両手は従者の男に摑まれて押さえつけられる。

「静かにしていろと言っただろう」

低い声で恫喝《どうかつ》され、ロデリックは震えた。口と鼻を覆うてのひらが、さらにぐっと顔に押しあてられる。息苦しさに目の前が暗くなっていき、ロデリックはそのまま気を失ってしまった。

だから知らなかった。

ヒースの対応策が間に合わなかったことを。

ラガルド王国の従者が通行証を提示し、「帰国前の使いに出る」という説明を警備隊の隊員は疑わなかった。すんなりと橋を渡る。その直後に、橋の手前での検問が厳しくされた。

ヒースの命令書を携えた近衛騎士が王都警備隊の隊長に会い、即座に四カ所の橋へと通達が出され、馬車と荷馬車の中身を精査されはじめたのだ。並ぶ馬車の数台後ろから急に慌ただしく検問されるようになったことに、従者たちは気づいた。

「間一髪だったようだな」

「俺たちは運がいい」

ひそかに笑いあう男たちの足元で、気を失ったロデリックはドレス姿で横たわったままだった。

ガタン、と馬車が揺れて、ロデリックは目を覚ました。そこではじめて自分が意識を失っていたことを知り、狼狽《うろた》えた。橋の検問にさしかかったとき、鼻と口を塞がれた。きっとあのとき気を失ったのだ。あれからどれくらいの時間がたち、どのあたりまで移動したのか見当がつかない。王都から遠く離れてしまったのだろうか。

ふたたび頭から布を被せられていて、男たちが馬車を降りていく足音と、外から聞こえる話し声が聞こえ、様子を知りたくて体を動かそうとした。

（えっ、動けない……）

手足が縛られていることに気づく。口には布を噛まされていた。

「おう、お姫様が目を覚ましたようだぞ」

攫《さら》われたときのように男たちのだれかに担がれた。馬車を降り、どこかへ運ばれていく。外の気温を感じ、まだ昼間だということはわかった。

「どこへ運べばいいんだ？」

「俺たちの仕事はこれで終わりか？」

「こっちへ運んでくれ。仕事はまだ終わりじゃない、残っているぞ。ちゃんと最後までやってくれなければ、報酬の残りは払わないからな」

そんな会話が聞こえて、従者以外の男たちは金で雇われたのだとわかる。

「追っ手は？　だれもおまえたちを尾行していなかっただろうな？」

「そんなヘマをするかよ。なんのための買収だ。けっこうな金額をばらまいたんだぜ。だれかが後をつけてきていたら、すぐわかるさ。見通しのいい街道を走ってきたんだからな」

「それならいい」

買収したというのは、きっと迎賓館の使用人だろう。あの建物からロデリックを連れ去るときに目撃者がいなければ、行方を調べるのは困難だ。使用した馬車の形状や、従者だけでなく雇われた男たちの風体もわからない。

おそらくもう、護衛の近衛騎士たちからロデリックの誘拐は報告されている。ヒースはどう思っただろう。誘拐されるとも知らずにのこのこと呼び出しに応じたロデリックに呆れているだろうか。ジェニファーはきっと自責の念に駆られているにちがいない。イントッシュの手紙が届いた時点で、いろいろな人に話して意見を聞くべきだったと。

母は、きっと苦悩している。親の愛と女王としての責任のあいだで。

父はそんな母に寄り添いながら、息子の心配をしているだろう。

近衛騎士たちには悪いことをした。ロデリックが助かっても助からなくても、処分を受けることに変わりはない。彼らは悪くないのに、ロデリックの判断がまちがっていたせいだ。

女王の息子という立場を、もっとよく考えるべきだった。いや、いまは女王の娘だ。女装した王子だということを、男たちはわかっていないはずだ。

この場合、ジェニファーではないと知られる方がまずいのだろうか――。担がれた格好のまま、ロデリックはあれこれと焦りながらも考えていた。

不意に体がふわりと浮く。床に落とされるのかととっさに歯を食いしばり身構えたが、ロデリックを受け止めたのは適度な硬度がある柔らかなものだった。それでも勢いがあったので何度か体が弾み、それなりの衝撃を受ける。

頭から布が取り払われた。開けた視界には、見知らぬ部屋と自分を取り囲む男たち。ロデリックは寝台の上に転がっていた。マットレスが剝《む》き出しで敷布はない。埃《ほこり》臭かった。

従者の男と、ロデリックの気を失わせた男、その他に三人もいる。みんな年齢も服装もばらばらで、ニヤニヤと笑っていたり無表情だったりといろいろだが、ロデリックを観察しているのはおなじだった。

部屋をぐるりと見回してみる。壁紙や絨毯《じゅうたん》、寝台など古ぼけてはいるが、そこそこ品のあるもののようで、どこかの下級貴族の屋敷に見えた。窓にはカーテンがかけられているので外は見えない。けれどまだ日没には間があるらしく、隙間から陽光が差しこみ、部屋の中を薄ぼんやりと明るくしていた。壁際に置かれたチェストの上に燭台がある。夜になったら蠟燭が灯されるのだろうか。

ロデリックは口に布を噛まされた上に両手と両脚を拘束されていて、横たわったまま起き上がれない。ドレスの裾がめくれて膝まで露わになっていた。拉致されたときに靴が脱げたので、絹の靴下しか履いていない。

ニヤニヤと笑っている男が、ロデリックの足をじっと見つめていることに気づいた。そのまなざしに意味がある気がして、ロデリックはドレスの裾をなんとかしようとしたが、もぞもぞと動くことくらいしかできずに目的は果たせない。

「お姫様、あんたにはしばらくここにいてもらう。侍女なんてたいそうなものはいないから、不自由するだろうが、まあ、仕方がないよな」

従者の男がロデリックに歩み寄り、口から布を出してくれた。手と足の拘束は外してくれない。

「……ここは、どこですか」

「聞いてどうする。あんたの知らないところだ。王都から離れた場所だし、近くに民家なんてないから、大声を出してもだれも助けには来ないぜ」

それはきっと本当だ。だから口を自由にしてくれたのだろう。

「夜になったらご主人様がここに来る。それまでおとなしくしていろ」

男たちはぞろぞろと部屋を出て行った。扉を閉めると、廊下側からガチッと鍵をかけられた音がする。

ロデリックはひとりきりになった。とりあえずいますぐ殺されたり乱暴されたりはしないようだ。

しかし。

秘密裏に王都から運ばれ、人里離れた屋敷に連れて来られた——。絶望しそうになり、けれどロデリックは希望を捨ててはいけないと自分に言い聞かせる。

(ヒースと母上がきっとなんとかしてくれる。助けに来てくれる)

諦めてはだめだ。なにがなんでも生き延びて戻ることを考えなければならない。それが王子であり、母の息子であるロデリックの務めだ。そう思いながらも挫《くじ》けそうになる心が、好きな男に呼びかけてしまう。

夜になったら来るという主人はいったいだれなのか。なんの目的でこんなことをしたのか。

主人の前で殺すために、いまはまだ生かされているだけだとしたら——。

(ヒース、お願い、早く助けに来て)

泣くまいと唇を噛んだが、閉じた瞼《まぶた》の裏はじわりと湿った。

◇

「これが、その手紙です」

真っ青な顔色のジェニファーが差し出した手紙を、ベアトリスが受け取る。女王は無表情で、落ち着いているように見えた。

だが長い付き合いのヒースには、彼女が涙をこらえているのがわかる。ベアトリスの肩を抱き、横から手紙を覗《のぞ》きこんでいるディクソンにも、そのくらいのことはわかっているだろう。妻が倒れそうになったらすかさず支えようと身構えていた。

「それで、あなたたちはこれをイントッシュ殿下の直筆だと判断したのね」

「はい」

ジェニファーはロデリックと相談し、呼び出しに応じることを決めたと話した。

女王の執務室に、ベアトリスとディクソン、ジェニファー、ヒースが集まっている。ジェニファーには老侍従長が付き添っていた。

「イントッシュには私たちが立場を交換していることを話していませんでした。だからロデリックが女装して迎賓館に行きました。それほど遠くへ行くわけではないので、近衛騎士に通常の護衛でいいと言いました。もっと用心するべきでした。ごめんなさい……」

こらえきれなくなったのか、ジェニファーの目から涙がこぼれる。老侍従長が練り絹を王女に差し出し、世話を焼く。

ベアトリスは重々しいため息をついた。

「……ジェニファーとロデリックを軽率だったと責めることはできない。迎賓館へ出かけるだけなら、だれもが油断しただろう。まさか王城の敷地内でこんなことが起こるとは――」

手紙を持った女王の手がぶるぶると震える。息子を案ずる気持ちよりも怒りが勝ってきたようだ。

事件の衝撃に、血の気を失って白くなっていたベアトリスの頰がにわかに紅潮してくる。

「それでオルムステッド卿、捜査の進展は？」

「はっ」

ヒースは王都警備隊が現在、ロデリックを連れ去った馬車を探していることを話した。

「いまだ朗報は届いておりません」

「すでに王都を脱しているのではないか？」

「はい、そう考えて捜査の範囲を広げております」

「手紙の送り主と思われるイントッシュ殿下は？」

「迎賓館にはいませんでした。それどころか、ラガルド王国一行の姿が見当たらず、迎賓館の担当者は当惑しております。帰国は明後日の予定でした」

姿を消したということは、ラガルド王国がロデリックの誘拐に関与していると公言しているも同然だった。イントッシュはロデリックとジェニファーを巧みに騙し、擬似的な友情を築き上げたのだ。はじめての同世代の友人のために涙を流していたロデリックが、ヒースは哀れでならなかった。

もしロデリックが無事に帰ってきても、ヒースはイントッシュを許さない。大切な王子の心を傷つけた罪は重い。

「ラガルド王国一行には監視をつけていなかったのか？」

「つけていました。ですが、迎賓館の使用人がラガルド王国に買収されていたらしく、見失ってしまいました。申し訳ありません」

白昼の事件なのにあまりにも静かに実行されたことが、ヒースは最初から不審だった。使用人たちへの聞き取りの際、誘拐犯の協力者がいないか文官に誘導尋問を試みさせたのだ。悪事に慣れておらず、報酬金に目が眩《くら》んだ愚かな使用人数名がそれにひっかかり、ボロを出した。顔見知りになっていたラガルド王国の従者に頼まれて、指定された時間帯は使用人の控え室でじっとしていたという。

そのあいだに彼らはロデリックを連れ出したのだ。

「ラガルド王国がなぜロデリック殿下を――ジェニファー殿下と思いこんでのことですが――誘拐したのかわかりません。我が国の弱みを握り、人質として活用しようと画策しているのでしょうが……連れ去った王女が、じつは王子だったと知られたとき、ロデリック殿下の命が危ういかもしれません」

自分の言葉が胸を抉《えぐ》る。血を吐くような激痛に、思わず顔を歪めた。

「ああ……」

ジェニファーが両手で顔を覆う。老侍従長に促されて、近くの椅子に腰を下ろした。

女王一家には酷な話だとわかっていて、ヒースは口にした。事実だからだ。ロデリックの命が非常に危険なことを理解しておいてもらわければならない。

ベアトリスは毅然と顔を上げ、ヒースを見た。

「過激派の動きは？」

「アクランド伯の居場所が摑めていません。じつは昨夜から、アクランド家の屋敷に不審な男が出入りしており、注意しておりました。今日は朝から外出しておらず屋敷で過ごしていたはずなのですが、確認させたところ姿がありませんでした。裏口から小型の荷馬車が一台出たそうなので、おそらくそこに潜んでいたのでしょう。出し抜かれてしまい、申し開きのしようもありません」

アクランドの行方がわからなくなったと報告に来たヒースの部下は、床に額を打ちつける勢いで謝罪していた。まさか伯爵家の当主が、日用品の運搬に使用する小さな荷馬車に潜んで屋敷を出るとは思ってもいなかったのだ。外部との連絡にも、この荷馬車が使われていたのかもしれない。

「現在、近衛騎士団、王都警備隊、そして国軍が全力でロデリック殿下を探しております」

もうすぐ日没になる。誘拐犯からの連絡はまだない。行方をくらましたアクランドが関わっているなら、なんらかの交換条件を提示してくるはずだ。投獄されている仲間たちの釈放か、身代金か、それとも女王の退位か——。

どれを要求されても、おそらく女王は屈しない。どれほど息子を愛していようと、ベアトリスは大国の女王としての立場を忘れはしない。心の中で血の涙を流しながら、ロデリックを犠牲にするだろう。それがわかっているからこそ、ジェニファーもディクソンも悲痛な表情をしているのだ。

(ロデリック殿下……いまごろどんな目にあわれているのか……)

彼が置かれている状況を想像すると、胃の腑《ふ》が引き絞られるように痛む。最悪の事態は考えたくない。生きていてさえくれればいい。居場所さえ判明すれば、絶対に助け出してみせる。

執務室が重い沈黙で支配され、しばらくだれもが口を噤《つぐ》んでいたときだった。

扉が忙《せわ》しなく叩かれ、「失礼します」とバートラムが入ってきた。

「女王陛下、宰相閣下、ご報告申し上げます。さきほどラガルド王国イントッシュ殿下が王都警備隊に保護されました」

ガタン、と女王が立ち上がった。

「なんと、イントッシュ殿下が見つかったのか」

「はい。ケガをしておいでで、すぐに救護院へ運ばれたそうです」

「重傷なのか」

ヒースの問いに、バートラムは「命に別状はないていどだそうですが、手当てが必要だと判断したと聞きました」と答える。そうならば証言はできるだろう。

ヒースはベアトリスに向き直った。

「陛下、私がイントッシュ殿下に直接、話を聞いてきます」

「頼んだぞ」

「はっ」

ヒースはバートラムとともに王城の廊下を駆けた。

「宰相閣下ならばイントッシュ殿下に会われると思い、すでに馬車を待機させております」

「さすがだ」

王城の通用口へ急ぎ、バートラムの言葉通りに準備を整えて待っていた馬車に飛び乗った。救護院へ向かわせながら、詳しい話を聞く。

「イントッシュ殿下はどこかから逃げてきたらしく、ひどく疲弊していたということです。譫言《うわごと》のように、『申し訳ない、申し訳ない』と繰り返していると」

「つまり、イントッシュ殿下はロデリック殿下の誘拐に加担したが、良心の呵責《かしゃく》に耐えかねて離脱してきたということか？」

「おそらく」

「父親のマンフレッド殿下と行動をともにしていただろうに、よく逃げてこられたものだ。追っ手に見つかる前に、こちら側の者が発見することができてよかった」

マンフレッドは息子を愛しているようには見えなかった。自分を裏切って逃げた息子を許すとは思えない。追っ手に捕まっていたら、イントッシュは殺されていただろう。

急がせているせいで馬車は非常に揺れた。だが気持ちが逸《はや》っているせいで気にならない。救護院の前に到着した馬車は急停止し、バートラムは危うく座席から転げ落ちるところだった。

ヒースは停止する前に扉を開けて馬車から降りた。すでに日没が近い時刻になっており、薄暗い。

救護院の玄関前には王都警備隊の隊員が待っていて、「オルムステッド卿、こちらです」と中へと案内してくれる。バートラムがよろよろとあとをついてくるのを確認して、ヒースは奥へと向かった。

いくつか並ぶ病室のひとつが、警備隊の隊員たちによって厳重に警護されていた。イントッシュを逃がさないためではない、ラガルド王国側の者が奪還しにくるのに備えているのだ。ヒースが指示を出さなくとも正確に判断できている。

扉の前には白衣を着た老年の医師がいた。

「患者は左足の踵を骨折しており、右足首を捻挫《ねんざ》しております。あとは全身に打撲痕がありました。どうやら二階の窓から飛び降りたようですな。打撲はたいしたことはありません」

簡単な説明に頷き、ヒースは病室に入った。追いついてきたバートラムも息を整えながら足を踏み入れる。簡素な寝台とひとり用の小さなテーブルと椅子があるだけの部屋だった。黒髪の青年が横たわっている。テーブルの上には燭台がひとつあり、蠟燭が灯されてゆらゆらと揺れていた。

殺風景ではあるが、救護院は寝台のみの狭い病室がほとんどなので、この部屋は比較的広い方だ。患者が隣国の王子と知り配慮したのだろう。

窓がひとつあり、外にも警備隊の隊員が立っているのが見える。

イントッシュは頭に包帯を巻いていた。両脚も包帯に覆われ、丸めた敷布の上に乗せている。目を閉じていたが、ヒースが入室するとこちらを向いた。蠟燭の頼りない明かりのせいだけではないだろう、ずいぶんと顔色が悪く見えた。

「イントッシュ殿下、私がわかりますか」

「……オルムステッド卿……」

掠《かす》れた声ではあったが、聞き取れる。ヒースは椅子を自分で運び、寝台の横に座った。バートラムは横に立った。

「殿下、なにがあったのか、話してくれますか」

危険を冒してまで逃げてきたのならば、こちら側に立つ気概があるということだ。ロデリックの居場所がわかるかもしれないという期待に、気持ちが逸る。

「オルムステッド卿、ロデリックを助けてください……」

イントッシュの黒い瞳がにわかに潤んできた。

「私は自己保身のためにとんでもないことをしてしまいました」

「手紙のことですか」

はい、とイントッシュは頷く。涙声でとつとつと語った。

「父に脅されて、ロデリックを呼び出す手紙を書きました。逆らえませんでした」

「けれどあなたは後悔して、逃げ出してきた？」

「ロデリックの誘拐に成功したと聞き、自分の愚かさに打ちのめされました。とてもよくしてもらったのに、私は恩知らずです。なんとしてでもロデリックを助けてもらいたくて、父が関わったことの詳細をこの国の人に話さなければと思い、抜け出してきました」

「あなたの勇気ある行動に感服します。足が痛むでしょうが、このていどのケガで済んでよかった」

ところで、とヒースは慎重に問いかけた。

「いま殿下は、『ロデリックを助けて』と言いましたね。手紙で呼び出したのはジェニファー殿下ではなかったですか？」

「ああ、そのことですか」

イントッシュはふっと口元を緩めた。

「気づいていましたよ、二人が性別を偽って、入れ替わっていることくらい」

「いつからですか」

「いつからだったのかな……最初はもちろん、騙されていました。ですが、私は女性が苦手なのです。それなのに、ドレスを着て華やかな容姿をしている王女と話していても、まったく平常心を保てていることが不思議でした。むしろ騎士服を着ている王子と対峙しているときの方が緊張しました。何度も会い、たくさんおしゃべりをしてお菓子を食べて、カードをしているうちに気がつきました。私がジェニファーだと思っているのは、ロデリックなのだと。ロデリックがジェニファーなのだと。だから普通に話ができるのだ――と」

イントッシュはひとつ息をつき、かすかに笑った。

「二人が入れ替わっていることを、私はだれにも話していません。本人たちにも言いませんでした。きっとよほどの事情があるのだろうと思ったからです」

「ありがとうございます」

「父にも秘密にしていたので、手紙にはジェニファーの名前を書くしかありませんでした。ロデリックの女装は完璧ですから、すぐにはバレないと思います。でも王子だとバレたら、どうなるかわかりません。早く助けに行ってあげてください」

言われるまでもない。

「場所はわかりますか」

「ロデリックは王都郊外の貴族の屋敷に囚われています。私は父に連れられて、おなじ建物にいました。ただロデリック本人は見ていません。でも絶対にそこにいるはずです。ロデリックを迎賓館から連れ出したのは、ラガルド王国の従者です」

「やはり……」

「私は土地勘がなく、地名はわかりません。ですが王都が遠くに見える場所でした。なにか書くものはありますか」

バートラムがさっと懐から紙の束とペンを取り出す。ヒースはイントッシュが上体を起こすのを手伝い、膝に置く食事用の小さなテーブルを寝台に乗せた。そこに紙とペンを置く。

「私は二階から飛び降りたあと、厩《うまや》から馬を一頭借りて王都まで駆け戻ってきました。一刻ほどかかったと思います。太陽の位置からすると、東の方角です。街道脇の道を入ってすぐの瀟洒《しょうしゃ》な建物で、貴族の別荘だったのではないでしょうか。レンガ造りで、庭と外観はこのような――」

イントッシュが思い出しながら紙に描いた絵は特徴がよく表現されていて、とても参考になりそうだった。

「私の父は、最初からダヴェルニエ王国に害を成すつもりで式典に参加したようです。父も祖父も、自国の利益のみを考えるような人間です。そのためには他国が乱れてもいいと思っています。私はそんな考えを嫌悪しながらも逆らえず、ここまで堕《お》ちてしまいました」

「この国を乱すとは？」

「旧王家復活を目指す団体がいると聞きました」

ヒースはぐっと全身に力を入れた。体中の血が激流となって四肢を巡っていく。

「その者たちは女王と王太子の暗殺を企《たくら》んでいるそうですが、ロデリックとジェニファーが入れ替わっていたのは、それが理由ですか。いえ、余計な詮索でした。すみません。私の父が加担していた企みについてです」

イントッシュは即座に疑問を引っこめ、話を元に戻す。滞在中、いつも父親の後ろでぼんやりと立っているだけの印象だったイントッシュだが、かなり聡明で常識的だとわかる。ロデリックがなんとかしてやりたいと訴えていた理由がわかったような気がした。

「父はこのダヴェルニエ王国に内乱を起こそうとしています」

その可能性が頭にあったヒースは、驚きはしなかった。

「旧王家復活を目指す団体の、過激派と呼ばれる一派に協力し、ロデリックを誘拐しました。彼らはジェニファーだと思いこんでいるわけですが、王太子である王女を取引材料にして、現在投獄中の仲間を釈放させようとしています。それがかなってもかなわなくても、彼らはダヴェルニエ王国の各地で蜂起する予定だそうです」

「蜂起できるほどの勢いはないはずですが」

過激派の主だった者たちはここ数年で捕縛している。資金源となっていた国内貴族たちも締めつけたので、ほとんど金は送れていないはずだった。

「いえ、ラガルド王国が武器の供与を約束しています。人手が足りなければ、傭兵《ようへい》を雇うための金銭も援助するでしょう」

「なるほど。つまり、ラガルド王国は過激派を煽《あお》ってダヴェルニエ王国に内乱を起こさせ、その隙にこちらへ侵攻しようとしている、というわけですね？」

「その通りです」

イントッシュの話ではっきりしたのは、ロデリックの命がもはや風前の灯《ともしび》だということだ。

利用価値のある王太子のジェニファーではなく、その兄のロデリックだと知られたら、女王との交渉材料としては弱いと思われるだろう。生かしておいても世話が面倒だと、即座に殺されてしまいそうだ。

（ロデリック殿下……！）

グッと拳《こぶし》を握り、ヒースは心の中で王子の無事を何百回、何千回も祈る。

「閣下」

絵を覗きこんでいたバートラムがなにか思いついたように呼びかけてきた。

「もしやこれは、コートニー子爵の別荘かもしれません」

「なんだと？　コートニー子爵？　たしかに子爵は過激派に加担していると噂《うわさ》されていたが、高齢のため昨年の夏に亡くなって、爵位の後継者がおらず領地は国に返されたのではなかったか」

「そうです。コートニー子爵はすでに亡くなっています。しかし、国に返す財産目録の中に王都近郊の別荘は書かれていなかったように記憶しています。そのときは不審に感じなかったのですが、いま不意に思い出しました。コートニー子爵は旧王室復活を唱える一派の中核に位置する人物だと思われ、長らく監視対象となっていました。七十五歳で亡くなるまでその疑いは晴れず、監視の目を逃れるためなのか頻繁に小さな家を購入しては移り住み、発覚したら売却することを繰り返していました。その歴代購入リストに、このような家が入っていたと思います。ですが国に返還された財産の中には入っていない――となると、あやしいですね」

「さすがの記憶力だな」

「待ってください、コートニー子爵？」

イントッシュが目を見開いた。

「この名に聞き覚えがありましたか」

「はい、だれかから聞きました。そうだ、父が口にしていました」

では、コートニー子爵が関係しているのは確かだ。

「ほかに覚えている名はありますか」

イントッシュはクッと唇を嚙み、目を閉じる。必死で記憶を探っているのだろう。

「プライ…プライマス男爵とか……。あと、ウィザーズ商会という名を聞きました」

「素晴らしい」

プライマス男爵はコートニー子爵と同様、過激派の疑いが濃い貴族だ。さらにウィザーズ商会というのは、過激派への協力が問題視され、何年も前に、商取引の資格を剝奪されたことがある商会だった。商会自体はすでに廃業しているが、元従業員たちが個別に過激派へ資金援助しているという話がある。

「動向をすぐに確認します」

バートラムが病室を出て行くのと入れ替わりに、さきほどの老医師がきた。

「そろそろ患者を休ませてやってほしいのだが、まだ話は終わりませんかな？」

寝台に歩み寄り、医師はイントッシュの腕を取って脈をみる。口を開けさせたり瞳を覗きこんだりしたあと、ヒースを振り返った。

「続きは明日にしたらどうでしょうか」

「わかりました」

だいたいのことは聞き出せた。これ以上のことはイントッシュも知らないだろう。

「殿下、ここは安全です。ゆっくり休んでください」

「ロデリックをお願いします」

「わかっています」

「私はどんな処罰でも受ける覚悟ができています」

「いまは余計なことは考えず、ケガを治すことだけに注力してください」

ヒースは病室を出ると、王都警備隊の隊員たちに主治医となった老医師以外に入室を許すなときつく言い置いて、救護院を出た。乗ってきた馬車はバートラムが使ってしまったらしく、外には馬を引いた近衛騎士が待っていた。

「この馬をお使いください」

「借りていく」

ひらりと馬に乗り、ヒースは王城を目指して馬の腹を蹴った。しかしその途中、思い直して道を曲がった。王城のすぐ横に建つ、宰相専用の屋敷に馬を走らせる。三十歳で宰相の任に就いたとき、先代から受け継いだ屋敷だ。古くて装飾が一切なく面白みにかける意匠ではあるが堅牢《けんろう》で、芸術音痴のヒースには無難の極みであり居心地は悪くなかった。

門兵がヒースの急な帰宅に驚きながら通してくれ、そのまま玄関前まで駆けていった。

「旦那様、いかがなさいましたか」

中年の執事が慌てて出てきて、ヒースが飛び降りた馬の手綱を預かる。執事には王城で一大事が起こったことだけ伝えてあった。

「その馬は近衛騎士団のものだ。あとで返す」

「わかりました。王城の問題は片付いたのですか？」

「いや、まだだ。すぐに戻るが、着替えていく」

「かしこまりました」

駆け寄ってきた厩番に馬を渡し、執事がヒースの自室までついてくる。衣装部屋から宰相の制服の替えを持ってこようとした執事を、ヒースは制した。

「騎士服と革鎧《かわよろい》を用意してくれ」

えっ、と執事が動きを止めた。この執事は先代の宰相に仕えていた男で、屋敷ごとヒースが引き継いだ。めったなことでは驚かない冷静さと明晰な頭脳を持っている。宰相になってからの五年間、ヒースはこの男に私生活のすべてを委ねていた。

その執事が驚愕の表情を浮かべた。

すでに日が暮れ、夜空には星が瞬《また》きはじめている。こんな時刻に革鎧を身につけて王城へ行くと言っているのだ。正気を疑われても仕方がなかった。

「なにがあったのですか」

「いまはまだ言えない。だが私は今回の事件が片付いたら宰相を辞任するかもしれない。短いあいだだったが、おまえには世話になった」

「旦那様……」

執事はしばし考えこむ顔になったが、「もしかして」とヒースの目を見つめてきた。

「ロデリック殿下の身になにかありましたか」

さすがの察しのよさに、ヒースは苦笑いだけで明確な答えは出さなかった。この執事は、ヒースの秘かな想いに勘付いているふしがあった。仕事中は隠しきれても、自宅ではどうにも感情が漏れてしまっていたということだろう。

「私はこれから宰相として最もやってはいけないことをする。だが、ひとりの男として、どうしてもやり遂げなければならないことだ。だから、許せ」

ヒースはみずからロデリックの救出に向かうつもりだった。

いまこの瞬間にもロデリックが恐怖に震えているかもしれない。暴行を受けているかもしれない。辱められているかもしれない。いや、すでに殺されているかもしれない。

長年、国のために身代わり役を務めてくれていた献身的な王子。一途《いちず》な想いを捧げてくれていた、愛すべき王子。ヒースは宰相としてロデリック奪還、過激派捕縛の指揮を執るよりも、みずから愛する王子を助けにいくことを選んだ。

そうせずにはいられないのだ。

「……かしこまりました」

執事が意を決したように顔を上げ、衣装部屋の奥にしまいこんでいた騎士服と革鎧を出してきた。

剣の鍛練をするとき、たまに身につけていたが、それほど頻繁ではなかった。自分の体格に合わせて革鎧をはじめて誂えたのは、十八歳のとき。成人の祝いとして両親が贈ってくれた。その後、いまの革鎧を作ったのは、六年前になる。宰相に就任する前、身につけて戦う機会などないだろうとわかっていながら、剣をたしなむ男の性《さが》か、名工と呼ばれていた職人に依頼した。あちらこちらに小さな傷がある。それを、執事に手伝ってもらいながら身につけ、腰に剣を佩《は》く。手に馴染《なじ》んだ自分の剣だが、いつもよりずしりと重く感じた。

最後の仕上げにマントをつけ、姿見の前に立つ。われながら、とても宰相には見えなかった。歴戦の勇者のようだ。実際に戦場に立ったことはないが、成人後の一年間ほど国軍に所属して行軍を経験したことがある。あとは遠乗りの帰りに、偶然、山賊に襲われている商人たちを見かけ、助けに入ったことがあった。山賊を斬ったときは夢中だった。恐怖はすべてが終わってから襲ってきた。

訓練だけは続けているが、はたして自分の剣が使いものになるかどうか。

だが、やらねばならない。

「こんなことなら、一式を新調しておけばよろしかったですね」

執事が軽口を叩いたので、ヒースも笑った。

「いや、使いこんだものの方が、貫禄《かんろく》が出るだろう。われながらなかなか様になっているな。にわか騎士のできあがりというわけだ」

「にわか、などと……。旦那様はそのまま騎士としても通用するほどの剣の達人ではありませんか」

「いまおだてても、なにも出ないぞ。ああ、私が宰相を辞任するとき、つぎの宰相に屋敷ごとおまえを引き継いでもらえるように口添えはしておこう」

ありがとうございます、と執事は頭を下げた。

「よし、行ってくる」

「行ってらっしゃいませ。ご武運をお祈りいたします」

執事に見送られ、自分の馬に乗って、ヒースは王城へ向かった。

王城は緊張感に包まれていた。いつもならとうにほとんどの文官や警備兵が帰宅し、不寝番のみに交代している時刻だ。それなのに人が多い。ロデリック誘拐の重大事を知らされている者は少ないが、非常事態であることは伝わっているせいだろう。

ヒースが革鎧姿で馬から下りると、警備兵たちがざわついた。

「宰相閣下、そのお姿は……」

「またすぐに出かけるから、この馬はこのままここで待たせておいてくれ」

手綱を警備兵に任せ、ヒースは執務室へまっすぐ向かった。先に戻って調べものをしていたバートラムが、入室したヒースを振り返って驚愕する。バートラムを手伝っていた文官たちも目を丸くしていた。

「閣下、なんという格好ですか！　まさか——」

「イントッシュ殿下の証言にあった貴族たちの動向はわかったか？　それと元コートニー子爵の別荘らしき屋敷の特定はできたのか？」

咎めてくる声を無視して、会議用のテーブルに広げられた書類と地図を覗きこむ。

「それよりも、その姿の理由を説明してください。なぜ革鎧など着ているのですか」

「報告が先だ。わかっていることをさっさと私に言え」

「閣下っ」

「いいから言え」

ヒースが譲らない態度を貫くと、バートラムは仕方がなさそうにため息をついた。

「イントッシュ殿下が描いてくださった建物は、場所と外観から元コートニー子爵の別荘でまちがいないでしょう。生前のコートニー子爵の監視担当だった者に確認しました。場所はここです」

バートラムが地図上の一点を指で示す。そこにはすでに印がついていた。

「なるほど」

ヒースは頷き、続けて、とバートラムを促す。

「イントッシュ殿下の証言にあった貴族たちのことですが、プライマス男爵は半年も前から地方の別荘に出かけています。女王陛下の式典には参列しておりませんでした。現在もその別荘に滞在中のはずですが、顔を見ていないので抜け出している可能性はあります」

「王都の屋敷には戻っていないのだな？」

「そこは確かです」

「すぐに別荘へ人をやり、プライマス男爵の滞在を確認させろ。使用人が拒んでも中に入れ」

バートラムがさっと取り出した白紙の命令書に、ヒースは用件を簡潔に書き、署名をして宰相の印を押す。強制的に屋敷に立ち入ることを、宰相の名のもとに許可するといった内容だ。近くにいた文官がそれを受け取ると、執務室を出て行った。

「ウィザーズ商会については、頭領だった男が現在も過激派への支援を続けているようです」

「商取引を禁じたはずだが？」

「名前を変えていました。行方を追っています」

そうか、とヒースは地図を見下ろす。ここにロデリックがいる。誘拐されてから、すでに一刻も過ぎた。どんな目にあっているのか、具体的に想像してしまうと心が壊れてしまいそうなので、ヒースはもう考えるのをやめていた。

たとえロデリックがどんな姿になっていようと、この手で助け出す。もし殺されていたら、犯人たちを一人残らず殺してやる。

「国軍一個大隊五百名を待機させています。いつでもロデリック殿下救出に向かえます」

一個大隊を大袈裟だとは思わない。過激派は長年にわたる検挙により弱体化しているが、それでも残党を集めればそれなりの人数がいるはずだった。どれほどの抵抗があるかわからない。

顔を上げ、バートラムと文官たちの顔を、一人ずつ見つめた。

「私はこれから国軍とともに、ロデリック殿下の救出に向かう。バートラム、あとを頼む」

「行ってはなりません」

宰相補佐ははっきりとそう言った。

「その姿から宰相閣下の決意は伝わりました。ですが行ってはなりません。宰相という職は、最前線に出るものではないからです。ロデリック殿下がご心配なのは理解できますが、ここは我慢して、閣下はこの執務室からすべての指揮をとるべきです」

「いや、私は行くぞ」

「行ってはなりません！」

頑なヒースに苛立ったのかバートラムが珍しく語気を荒げた。文官たちはおろおろとしつつ成り行きを見守っている。

「閣下が剣の達人であることは承知しています。過激派と果敢に戦い、ロデリック殿下をかならずや救出できることでしょう。ですが、ここで行かれたら、その後どうなるか、閣下ならばわかっているはずです。絶対に、宰相としての職務を放棄したと取られます。それに、もし、ロデリック殿下が不幸にもすでに亡くなられていたら、もしくは重傷を負われていたら、すべて閣下の責任になりかねません。女王陛下の怒りを買うことになります」

鬼気迫る表情のバートラムと対照的に、ヒースの心は穏やかだった。もう決めているからだ。

「バートラム、私は女王の怒りを恐れてはいない。最も恐れているのは、ロデリック殿下を失うことだ。ここで行かなければ、私は一生、後悔するだろう。どちらにしろ私は過激派の動きを読めなかったとして、なんらかの責任を取ることになる。どうせ職を辞するのならば、好きなようにさせてほしい」

もはやヒースは死も恐れていない。不思議なほど心が凪《な》いでいた。

バートラムが辛そうに顔を歪め、じわりと俯いた。

「私はまだ、閣下のもとで働きたいと思っています」

「そうか、ありがとう。おまえは非常に有能な補佐だった」

年上の部下を労い、ヒースは文官たちを見回す。みんな一様に、悲しそうな表情になっているのがおかしかった。ヒース自身は、なにも悲しくないというのに。

「では、行ってくる」

踵を返し、ヒースは宰相の執務室をあとにした。

◇

手足の自由がきかないまま、見知らぬ部屋の寝台の上に放置され、ロデリックはぐったりと横たわっていた。燭台の蠟燭には火が灯っておらず部屋の中は真っ暗だ。ドレス姿のせいで、しだいに肌寒くなってくる。まさか夜までこの格好でいるとは思わなかった。これから自分がどうなるのかわからなくて不安な気持ちがどんどん募っていくし、身動きできない状態が辛かった。

ふと、足音が近づいてきたことに気づき、ロデリックは扉がある方向を見た。普通の貴族の屋敷では、廊下に絨毯を敷く。あまり足音は響かないはずだが、ここはあまり経済状態がよくなかった家らしいし、しばらく放置されていたようにも見える。

足音は複数だ。少なくとも二人。この部屋の前で止まり、扉が開いた。入ってきたのは、明かりをつけた燭台を手に持った、あの従者だった。その後ろから入室してきた人物の顔が見えて、ロデリックは残念な気持ちになった。イントッシュの父親、マンフレッドだったからだ。

従者はテーブルの上に置いてあった燭台の蠟燭に火を移し、持っていたそれは寝台横のチェストに置いた。室内がずいぶんと明るくなる。

「ご機嫌いかがかな、王女殿下」

マンフレッドが不敵な笑みを浮かべながら、寝台に歩み寄ってくる。

「ずいぶんと疲れたお顔をしているようだ。それもそうか、縛られたままではな」

薄気味悪い感じで笑いながら、従者に目で合図を送る。懐からナイフを出した従者がロデリックに近づき、手足を拘束していた紐を切った。

数刻ぶりに自由を得たが、長い間、姿勢を変えられなかったため、手足が痺《しび》れたようになっている。うまく動かせなかった。それでもなんとか上体を起こし、寝台の上をずりずりと移動する。マンフレッドからできるだけ遠ざかった。たいした距離ではないが。

ドレスの裾がめくれているのが気になっていたので、それを直す。侍女が結ってくれた髪も乱れ、きっとみすぼらしいなりになっているだろう。喉仏を隠すためのチョーカーを指で確認した。ずれることなく首に巻かれていてホッとする。

「私をどうするつもりだ」

まともな答えが返ってくるとは思っていなかったが、ロデリックは聞いてみた。案の定、マンフレッドは肩を竦め、「さあね」と言った。

「私はあなたのことなどどうでもいい。この国が混乱してさえくれれば、私の目的は達成しますからね」

「……つまり、あなたはただ私をおびき出す役目を担っただけということか」

「さすが次代の女王だ。殿下は頭がいい」

小馬鹿《ばか》にしたような口調に、ロデリックは腹を立てる余裕などない。友人のことが気にかかる。

「イントッシュにどうやってあの手紙を書かせたのだ？」

「あいつは私の子です。私の頼みは断らない。書かせたなんて人聞きが悪い」

「彼が自分からすすんであなたに加担したとは思えない。脅したのだろう？　イントッシュはいまどこに？」

友人の居場所を尋ねた瞬間、マンフレッドの目つきが剣呑《けんのん》になった。

「あの子のことは気にする必要はない。どうせ二度と会えないのですからね」

「二度と会えない？　まさか、あなたは自分の息子を手にかけたのか？」

「そんなことはしない。ただ、戻ってきたら罰は与えますが」

「戻ってきたら？」

どういう意味なのかわからずに聞いたロデリックに、マンフレッドは苛ついた顔をした。

「どうやら私の言葉を思い違いしているようだ。二度と会えないと言ったのは、あなたはここで殺されるという意味ですよ」

「えっ……」

もしかして、と最悪の事態を想定してはいたが、正面からそう言われた衝撃は大きい。ロデリックは言葉を失い、愕然とした。

「そうなのだろう、アクランド伯」

開けたままだった扉から、禿頭《とくとう》の痩せた老人が静かに入ってきた。僧服に似た衣服はずいぶんと着古したもののようで、裾や袖の端がほつれている。けれど薄暗い部屋の中でもわかるほど、その双眼には力が宿っていた。

アクランド伯――名前は聞いたことがある。だが会ったことはなかった。どこで名前を聞いたのか、ロデリックは記憶を探った。ヒースの顔を思い浮かべたと同時に、すっと記憶がよみがえる。

（そうだ……過激派……）

ヒースから聞いたのだ、過激派の頭領と目されている人物だと。なかなかに小賢《こざか》しく、その証拠が摑めずに困っているようだった。

「あなた方は、この王女を無事に返すつもりはない。そうですね？」

「当然だ。我々は現王家の滅亡を望んでいる。王太子を生かしておいてどうする」

きっぱりと言い切り、アクランドはニッと笑った。狂気を感じる顔だった。

「仲間の中には生かしておいて女王との交渉に使うべきだという意見が多いが、私はそのつもりはない。なに、殺してしまっても隠しておけばすむこと。私たちにはもう後がない。ラガルド王国の助力を願えるいまが最大の機会であり、最後になるかもしれない。この機に王太子を殺しておかなければ後悔することになるだろう」

ヒースから、厳しく取り締まった結果、過激派は弱体化していると聞いた。だから十八歳の誕生日を機に、ロデリックは身代わりを終えることになったのだ。今回の誘拐は、他国の王族にまで協力を仰ぎ、起死回生を狙ったのか。

「王女は、もっと慎重に動くべきでしたね。手紙ひとつでのこのことおびき出されて、この体たらく。平和な国で生まれ育つと、甘くなるのでしょう」

マンフレッドは鼻で笑った。

たしかにラガルド王国とは治安状態がちがうだろうが、帰国間近とわかっている友人の手紙を信用せずにはいられなかった。

「感謝しますよ。あなたの甘さに。王太子を殺されたと知ったら女王は冷静さを失い、アクランド伯爵の一味と全面対決となるでしょう。王家のまちがいを正すのは、臣下の役目です。われわれはアクランド伯爵を後方から支援します。資金と武器をね」

「ありがたいことだ。他国に私たちの信念を理解してくれる方々がいたとは……」

アクランドはあらためて感激に打ち震えているようだが、ロデリックはその様子を信じられない思いで見た。

ロデリックよりも、アクランドの方がよほど甘いのではないか。ラガルド王国が、なんの見返りもなくそんなことをするはずがない。自国に益があるから支援をするのだ。それはなんだ？

「本当にあなたには感謝してもしきれない。息子があなた方と親しくなったときは驚いたが、いい働きをしてくれた」

マンフレッドが寝台に近づき、身を屈めてきた。ロデリックの耳に囁き声で言った。

「これでこの国は混乱する。うまくいけば内乱に突入するだろう。その隙に、我が国が侵攻しても、はたして止められるかな？」

まさか、とロデリックが瞠目《どうもく》するのを、マンフレッドは満面の笑みで見つめてくる。

「この地のすべてをラガルド王国が飲みこみ、統治してやる。楽しみだ」

絶句しているロデリックから身を引き、マンフレッドはアクランドに「では、私はこれで」と部屋を出て行ってしまった。イントッシュのことをもっと聞きたかったと、まともに考えられるようになったとき、すでにマンフレッドの姿はない。

「アクランド伯爵、あなたは自分がどれほど危険な賭けに出たか、わかっているのか。ラガルド王国の手を借りるなんて、なんと愚かなことを」

我慢できずにアクランドを詰《なじ》った。

「旧王家復活などと夢を語るのは勝手だが、実現するためにどんな手段でも取るのはおかしい。身内で揉めているあいだに、他国に侵略を仕掛けられたらどうするのか。先のことまでよくよく考えての選択だったのか？」

「この小娘が、ずいぶんと生意気な口をきく」

アクランドはロデリックを睥睨し、憎々しげに口を歪める。

「おまえなどに言われるまでもなく、よくよく考えた末のことだ。私の選択はまちがっていない。われにはもう他に手段がなかった」

「愚かにもほどがある！」

「うるさい！　黙れ！　まちがいは正さなければならないのだ！　おまえが玉座に就く日は来ない。女王など我々には必要ないからな。なにが王太子だ。女のくせにおこがましい。女は黙って男の後ろで守られていればいいのだ。国政は男が担うものだ。昔からそう決まっている。女が王位を継ぐようになってから二百年あまり。この国はおかしくなってしまった。私がまともな国に立て直してみせる！」

異様に目をギラギラとさせながら、アクランドが力強く語る。

「おまえにはここで死んでもらう。だがすぐには殺さない。志をおなじくした同士たちの苦しみを、おまえには存分に味わってもらおう。私の仲間はずいぶんとたくさん処刑された。拷問にもかけられたらしい。どれほどの痛みと苦しみを与えられたのか、想像するだけで身を切られるように辛い。最も憎いのは女王だが、その次はおまえだ。次代の女王よ。覚悟しろ。おまえはいまから、ここでなぶり殺されるのだ」

歯を剥き出しにして笑ったアクランドの顔は醜悪だった。前王家ベックフォード家復活よりも、仲間たちの復讐に燃えている目だった。

迎賓館に呼び出したロデリックをその場で殺さず連れ去ったのは、いままでの恨み辛みを晴らすための道具にしたいだけだったのだろう。かつては高い志があったのかもしれないが、年月とともに忘れてしまったのかもしれない。

「私を殺しても無駄だ。母は命をかけて国を守るだろう。あなたたちのように利己的で暴力的な集団などに国を渡すものか！」

「そうだな、王太子の王女を殺されても、あの女王は屈しないだろう。だがボロボロになったおまえの死体を目の当たりにすれば、心は傷つくはずだ。曲がりなりにも母親だからな」

ひゅっ、とロデリックは息を呑み、青くなった。

自分の死体に取りすがって号泣する母の姿が、容易に想像できたからだ。しかもただの死体ではない。アクランドはロデリックを拷問にでもかけるつもりなのか。

「おい、入ってこい」

アクランドが背後に声をかけると、廊下からぞろぞろと何人もの男たちが部屋に入ってきた。たいして広くなかった部屋が狭く感じるほどに。

蠟燭の炎が揺らめき、男たちの影を壁に濃くうつし出す。男たちの中には、従者とともにロデリックを誘拐した男がいた。ドレスの裾がめくれ上がり剥き出しになったロデリックの足をニヤニヤしながら眺めていた男だ。

「おまえたち、この女を好きにしていいぞ」

アクランドがそう言うと、男たちは口々に下品な言葉を吐いた。

「声がかかるのを、いまかいまかと待っていたんだぜ。もう漏らしそうだ」

「お姫様の肌はいったいどれほどきれいなのかな。舐め回してもいいのか」

「こんな上等な女を抱くのは、生まれてはじめてだ」

男たちがロデリックのいる寝台を取り囲む。殺す前に凌辱《りょうじょく》しようとしているのだと、さすがにわかった。

「待て、おまえたち、私は――」

男だ。そう明かしたら、どうなるのか。汚されることはなくなるかもしれないが、やはり殺されることに変わりはないのではないか。

「まずは一回ずつ味見してから、じっくりいたぶろうぜ」

「どうせ殺すんなら、手足の先から切っていってもいいよな？　お姫様の血なら、さぞかし真っ赤できれいだろう」

舌なめずりしながら残忍に笑う男が、ロデリックに手を伸ばしてくる。ひっ、と息を呑みながら、とっさにその手を叩き落とした。

「おお、痛《いて》ぇ。気が強いお姫様だ。でも俺は抵抗されると燃える質《たち》なんだ」

「ひでぇ奴だな、おい」

別の男がげらげらと笑う。なにが楽しいのか理解できない。

ひとりの男がロデリックの片足を摑んだ。ずるりと引きずられてドレスの裾がふたたびめくれ上がった。

「見てみろ、この足。真っ白だぞ」

「ああ、舐めてみたい。どんな味がする？」

「おまえ、変態だなぁ」

「なあ、もう我慢できねぇよ。ずっとこのお姫様に突っこみたいって思ってたんだ」

男のひとりが自分のズボンのボタンを外し、股間を露出させた。言葉通り、そこはすでに隆起していていつでも挑めるほどになっている。おなじ性別ではあっても、嫌がる相手に興奮するなんて理解できない。他人から性欲の対象にされることにロデリックは吐き気を催した。自分の命と尊厳の危機にありながら、捕われたのがジェニファーでなくてよかったと心から思う。

ドレスの裾の中にだれかの手が入ってきた。太腿《ふともも》を撫で回されて、ぞっと全身に鳥肌が立つ。

「やめろ、触るな！」

「可愛いなぁ、やめろ、だってさ。やめるわけねぇだろ」

「お姫様は、どんな下着をつけているんだ？」

ロデリックは足をバタつかせて抵抗した。けれど非力な上に男たちは人数が多い。両脚を摑まれて広げられる。股間をまさぐってくる手に悲鳴を上げた。

「いやだ、やめろ！」

ドレスの奥に手を突っこんでいた男が、とうとう気づいた。

「おい、こいつ本当にお姫様か？」

「なんだ？　どうした？」

「男だろ」

「えっ？」

驚いた男たちがロデリックの足から手を離した。急いで両脚を引き寄せ、ロデリックは丸くなる。

「男？　嘘だろ。こんな格好しているのに？」

「いや、だって、いま……股のあいだに、女にはないものがあったぞ」

「俺は男でも構わないぜ。穴の位置が前か後ろかのちがいだけだろ。とっとと突っこんじまおう」

ニヤニヤ顔の男がロデリックを見つめながら舌なめずりをする。醜悪な発情顔にゾッとした。

「どういうことだ」

アクランドが険しい顔で寝台に近寄ってきた。

「男だと？　こいつはジェニファー王女ではないのか？」

「ちがいますね」

ロデリックの股間をまさぐった男が、こんどはドレスの胸元に手を入れてきた。膨らみを演出していた詰め物が引っ張り出されてしまう。

「偽物の胸だ。ほら、膨らみがなにもない。本当に男だ」

「首に巻いているものを取ってみろ。ああ、よく見れば小さな喉仏がある」

「なんだ、男かよ！」

「男だが、こんなにきれいな男にはそうそうお目にかかれないぞ」

あきらかに残念そうに寝台から離れる男と、構わずに寄ってくる男。ギラギラとした目つきが恐ろしい。ロデリックが男だと知ってもその気が萎えない男たちは、寝台に上がろうとする。どうにか逃げられないものかと視線を巡らすが、なにもない。ロデリックには抵抗するだけの武器もなければ体術もなかった。

このままここで犯されるのか。だれにも許したことがない無垢な体を、この見ず知らずの男たちに汚されるのか。

（ヒース！）

声にならない悲鳴を上げて、ロデリックは王都にいるであろうヒースを呼んだ。

こんなことなら、成人する日を待たずにヒースにすべてを捧げてしまえばよかった。たとえ固辞されたとしても、押して押して押しまくれば、一度くらい抱いてくれたかもしれないのに、なにもしなかった。ただ切ない想いを大切に胸の中であたためて、振り向いてくれる日を待っていた。

ひそかに祈っていてもヒースが自分を好きになってくれるとは限らないのに、いつか真剣な想いは通じるのではと夢を見ていた。もっと積極的に迫るなり、ヒースに媚薬《びやく》を盛るくらいのことをするなりして、一夜を過ごしてしまえばよかった。

権力を笠《かさ》にきて無理強いをしたくなかったなんて、臆病者の言い訳だ。既成事実を作ってしまうくらいのことを実行していれば、いまここでならず者に体を汚されても諦めがついたのに。

（ヒース、ヒース！）

心の声よ、届け――とばかりに、ロデリックは名前を繰り返した。

汚されるくらいなら、みずから死んでしまおうか。

この部屋は何階にあるのだろう。窓を割って飛び降りたら死ねるだろうか。

カーテンに覆われた窓を振り返る。素早く駆けていって、素手では割れないだろうからどうすれば、と考えているロデリックの横で、アクランドが嘆きの声を上げる。

「なんということだ、おまえはジェニファー王女ではないのか。私はマンフレッドに騙されたのか？　いや、たしかに式典でおまえが王女として女王の隣にいるのを見たぞ。では、もう一人の、騎士服を着ていたロデリック王子が本当はジェニファー王女なのか？　入れ替わっていたのか？　いつからだ、なぜそんなことをしていたのだ！」

アクランドがロデリックの両肩を摑み、がくがくと揺さぶってくる。答えないと、いきなり頰を平手で叩かれた。痩身からこれほどの力が出るのかと驚くほどの勢いがあった。口の中が切れ、血の味がした。

「おまえが王女でなければ意味がない！　王子を殺してもどうしようもないではないか！」

頭を抱えてアクランドが絶望的な声を上げる。

「どうして王子が王女のふりをしているのだ！　こんなドレスなど着て！」

怒鳴りながら、アクランドがロデリックのドレスを脱がそうとした。寝台の端に追い詰められ、ロデリックは必死で抗《あらが》う。しかしドレスは無残にも破れ、布切れと化していった。結ってあった髪も崩れ、アクランドに鷲摑《わしづか》みにされる。

「おまえのせいで、私の計画が台なしだ！」

「痛っ」

髪を引っ張られて頭皮と首に痛みが走る。瞼の裏に涙が滲んだ。

「おいおい、ちょっと落ち着け。俺たちの獲物をそんなふうに扱うなよ。これからたっぷりと味わってから、ちゃんと殺しておくからさ」

「俺、いいものを持ってるぜ」

そう言いながら、痩せ気味の男が薬包を出した。

「これを飲ませれば、たとえ未通女《おぼこ》だろうと男をほしがって泣いて縋《すが》りついてくるっていう秘薬だ。どうせなら楽しみたいだろ」

「おい、それって一回使ったら頭がおかしくなっちまうヤバいやつだろ。どこで手に入れたんだ」

「それは内緒だ」

くくっ、と目をギラつかせた男は、薬包を手にロデリックに近寄ってくる。

「さあ、口を開けろ」

頭がおかしくなるという薬なんて、飲みたくない。ロデリックはぐっと顎に力を入れて口を閉じた。

「イイ子だから飲むんだ。そうすればただ気持ちいいだけで死の恐怖はなくなるぞ。おまえにとってもいいことずくめだ」

なにがなんでも飲むものかと、歯を食いしばったときだった。

「伯爵！」

だれかが部屋に飛びこんできた。男たちが一斉に振り返る。

「国軍です！　いつのまにか屋敷が取り囲まれています！」

「なんだと？」

アクランドが慌てて窓に駆け寄り、カーテンを引いた。ロデリックの位置から窓の外は見えなかったが、大勢の人の声がかすかに聞こえる。助けが来たのだ。待っていた助けが。

ロデリックは安堵のあまり、どっと脱力して寝台に突っ伏した。

◇

大量の篝火《かかりび》を焚《た》き、ヒースは亡きコートニー子爵の別荘を兵士に包囲させた。

王都からここまで、一切の妨害、抵抗はなかった。過激派はこれほど早く根城が知られるとは思っておらず、完全に油断していたのだろう。すべてイントッシュがもたらした情報のおかげだ。

「突入しろ！」

ヒースの合図で一個小隊が正門をぶち壊し、敷地内に突入する。別の一個小隊が通用門を突破し、そこからヒースは屋敷の中に入った。

「うわぁ、なんだなんだ！」

「軍隊か？　どうして？」

時刻はちょうど夕食時だった。敷地内にいた男たちのほとんどは食事中だったらしく、酒も飲んでいた。抵抗無抵抗にかかわらず、ヒースは全員捕縛を命じてある。過激派の一味なのか、ただ金で雇われた傭兵なのか、それとも下働きの者なのか、そんなことはあとで尋問すればいい。いまはとにかく、ロデリックの救出が最優先だった。

「閣下、殿下は二階の奥だそうです！」

捕まえた男から聞き出した情報を、兵士がヒースに伝えてきた。頷くやいなや、ヒースはマントをひるがえし、剣を片手に階段を駆け上がる。そのあとを兵士たちが続いた。

「行かすか！」

立ちはだかる武装した男を、ヒースはためらいもなく剣で斬った。真横に薙《な》ぎ払われた男は声もなく、もんどりうって階段を転げ落ちていく。屋敷の奥から虫のように湧いて出てくる武装した男たちを、先頭を走るヒースが片っ端から倒していった。

神経が研ぎ澄まされ、斬りかかってくる男たちの動きが遅く感じる。隙だらけの場所に剣を打ちこめば、それでよかった。

返り血を浴びながら、ひたすら前進する。ロデリックを取り戻すこと、ただそれだけを考えた。

ヒースがひたすら斬っているあいだに、兵士たちが廊下の両側の扉を開けて中を確かめる。ロデリックはいない。もっと奥だ、とヒースは進む。ついに最奥の部屋にたどり着き、ヒースはロデリックを見つけた。

寝台の上に、ロデリックがいた。ヒースは我が目を疑った。

「ヒース！」

ロデリックは肌も露わな姿になっていた。ドレスはボロボロの布切れになるまで引きちぎられており、足は剝き出しで、絹の靴下は片方しか履いていない。脱がせかけられた下着から、尻が半分むきだしになっていた。

おそらくきれいに結ってあっただろう長い髪はめちゃくちゃに乱れている。膨らみのない胸も丸見えで、まるで年端もいかない幼女が陵辱された姿のようだった。

いや、実際、ロデリックは陵辱されたにちがいない。

「殿下！」

どっと悲しみが襲ってくる。何年も大切に思ってきた王子が汚されたのだ。

ただ救いなのは、表面上、大ケガを負っている様子はないことだ。

ヒースは激情が理性を食い尽くそうとするのをなんとか押しとどめ、深呼吸をした。そして気を取り直して、肩からマントを外す。ロデリックの体をそのマントで包みこんだ。

「殿下、遅くなってしまい申し訳ありません。お怪我《けが》は？」

「ない、ないよ。ありがとう、来てくれて」

弱々しく微笑んだロデリックの碧い瞳が潤んだ。こんな目にあっているのに礼を言ってくるロデリックが愛しくて、哀れで、ヒースも泣きたくなった。

そっと抱き上げ、寝台から離れる。

「閣下、この者はアクランド伯爵ではないでしょうか」

寝台の横で腰を抜かしたようにへたり込んでいた禿頭で痩軀《そうく》の男に縄をかけながら、兵士が尋ねてきた。ヒースはちらりと振り返り、その男の顔を見た。たしかにアクランドのようだ。

「そのようだな。捕縛して、自死を許さぬように口に布を嚙ませておけ」

それだけ命じて、二階から下へと降りる。屋敷のあちらこちらで戦闘は終わっており、無数の捕縛者を兵士たちが並べて確認していた。順次、王都へ送り出して取り調べをしなければならない。

「殿下は無事に保護されました！　殿下はご無事です！」

伝令係が屋敷中に伝えて回っている声が聞こえた。そこかしこで歓声が上がる。しかし、ヒースの悲壮な表情と、マントで頭からすっぽりと隠されたロデリックの様子から察したのか、兵士たちはすぐに静かになった。

ロデリックのいまの姿をだれにも見せたくない。一度も離すことなく、ヒースは用意させておいた馬車に自分もいっしょに乗りこんだ。あとのことは国軍の大隊長に任せ、すぐに馬車を出発させる。

膝に乗せたロデリックがもぞもぞと動き、マントから顔を出した。指先も出してきて、間近にあるヒースの顎にそっと触れてくる。

「……本当にヒースだ……」

「私ですよ」

ふふふ、とロデリックがかすかに笑った。碧い瞳からつっと涙が落ちて、白い頬を濡らす。

「助けに来てほしいと思っていたけど、本当に来てくれるなんて……。宰相なのに、騎士みたいだった。鎧姿、すごく格好いいね」

微笑みながら泣いているロデリックになにをどう言葉がけすればいいのかわからず、ヒースはぐっと奥歯を噛みしめた。腕の中のロデリックは、カタカタと震えはじめていた。マントに顔を埋《うず》め、すすり泣きはじめる。

膝と腕にかかる重みは軽い。女装のために筋肉をつけないよう努めていたせいだ。こんなにか弱い王子を、なぜ陵辱できたのか。どれほど恐ろしかっただろう。どれほど痛かっただろう。そしてどれほど、矜持が傷ついただろう。

ヒースは過激派たちへの怒りを再燃させる。

「私が遅かったばかりに、恐ろしい目にあわせてしまいました――。本当に申し訳ありません」

「ヒースの、せいじゃない……油断した僕が悪い……イントッシュの手紙のこと、ジェニファーに聞いた？」

「はい、すべて事情はわかっています。イントッシュ殿下のおかげで、あなたの居場所がわかりました」

マントの下から「イントッシュが？」と涙で濡れた目を向けてくる。

「イントッシュ殿下は父親に脅迫されて、あなたをおびき出すための手紙を書かされたそうです。その後、良心の呵責に耐えかねてあの屋敷から脱出し、我々にすべてを話してくださいました」

「無事なの？」

「軽傷は負っていますが、大丈夫です」

よかった、とロデリックが脱力する。ほんのすこしだけ重くなった。

「まっすぐに王城へ向かっています。いまはなにも考えずに、体を休めてください」

「……うん……」

ちいさく頷いたロデリックは、そのまま無言になった。ヒースはマントをくるみ直し、膝の上でぎゅっと抱きしめる。

馬車は揺れながら王城へとひた走った。城へ着くと、ヒースはロデリックを抱きかかえたまま馬車を降りた。早馬で知らせを受けていたバートラムが待っていた。

「宰相閣下、よくぞご無事で。女王陛下がお待ちです」

駆け寄ってきたが、「報告はあとだ」と早足で通りすぎる。ヒースはそのままロデリックの居室へと歩いて行った。部屋ではロデリックの専属侍従たちと、老侍従長が待ち構えていた。

マントごと寝台の上にロデリックをそっと下ろす。くるんでいたマントを広げると、ロデリックの泣き濡れた白い顔とボロボロになったドレスの惨状を目にした侍従たちが顔を歪めた。明るいところでよく見ると、ロデリックの左頬には殴られたような痕があり、かすかに腫れていた。

「これは？　殴られましたか」

「うん、口の中をちょっとだけ切ったけど、いまはもう大丈夫」

なんでもないことのようにロデリックは答えたが、身体的な暴力など経験がないはずだ。どれほど痛かっただろう、怖かっただろうと思うと、あの場にいた男たちへの怒りが再燃してくる。

「すぐに湯浴みを」

老侍従長の指示のもと、侍従たちが動き出す。彼らに任せて、いったん下がろうとしたヒースだが、ロデリックに呼び止められた。

「どこに行くの、ヒース」

踵を返し、ロデリックのもとへ戻る。縋るような目をしたロデリックは、侍従たちに破れたドレスを脱がされ、ガウンを着せかけられているところだった。

「返り血を浴びて汚れているので、着替えて参ります」

「ここにいて。どこにも行かないでほしい」

「ですが……」

「だれか、ヒースの着替えを用意して」

かしこまりました、と侍従の一人が素早く部屋を出て行く。ロデリックは「さあ、湯浴みを」と浴室へと促す侍従に、返事をしない。じっとヒースを見つめている。老侍従長がヒースに「宰相閣下、殿下の望み通りにしてください」と半ば命じるように言ってきた。さすが王族第一が信条の侍従長だ。宰相よりも王子の気持ちを優先する。

たぶん返り血は髪にも飛んでいる。ヒースは自分の屋敷に一度帰り、湯浴みをして着替えてくるつもりだった。だがロデリックだけでなく、侍従長まで引き留めてきたならば、その通りにするまでだ。

「わかりました、ここにいます。ですから殿下は湯浴みを」

ヒースが頷いたので、ロデリックはホッとしたように寝台から下りて隣の浴室へと歩いて行った。

「閣下、こちらへ」

何人かの侍従がヒースを誘導し、寝室の隅で革鎧と騎士服を脱がしてくれた。マントといっしょに侍従が預かり、王城の洗濯室へ持っていってくれるらしい。湯を張った盥が運ばれ、ヒースの体を拭くことまでしてくれた。簡素な意匠のシャツとズボンが手渡される。

「閣下と体格が似通った近衛騎士から借りてきました」

シャツの裾に名前が刺繍されていたので、あとで洗って返そうと思う。

老侍従長に椅子を勧められたが、ヒースは座らずに立って待っていた。そこに部下がつぎつぎと報告へやって来た。

「コートニー子爵の元別荘にいた者は下働きまですべて捕えました。現在、順番に尋問しております」

「地下室には数日分の食糧と、軍資金と思われる金貨がありました」

金貨の量はたいしたものではなかったらしいが、亡くなったコートニーが遺産はすべて過激派に渡るようにしていたのかもしれない。

「殿下が囚われていた部屋に、こんなものがあったそうです」

そう言われながら差し出されたのは、小さな薬包だった。

「中身はなんだ?」

「薬剤の専門家に確認させたところ、最近、巷《ちまた》で見かけるよくない薬だそうです。その気がない者までその気にさせてしまうだとか」

「なんだと?」

「さらに、あまりにも強力なため、一度使うと気が触れたようになり、人格が崩壊し、完全に別人になってしまうとか」

「そんなものをロデリック殿下に使おうとしたのか……」

奥歯からギリギリと軋み音を発生させ、ヒースはいますぐにアクランドが捕らわれている牢へ行き、首を刎《は》ねてやりたくなる。宰相の権限があればそのくらいのことはできるのだが、ヒースは深呼吸をして気持ちを鎮めた。

やがてロデリックが浴室から出てくる。体の線から、ガウン一枚しか身にまとっていないのがわかった。湯で体があたたまり血の巡りがよくなったのか、健康的な顔色に戻っていた。左頬の腫れは目立たない。

ロデリックは寝台横のカウチに座り、侍従が淹れたお茶で一息ついた。

ヒースは報告に来た部下たちをすべて退室させた。いまはロデリックをできるだけ人目に触れさせたくない。

「ヒース、こっちへ」

呼ばれて距離を詰める。いままでならばロデリックの隣に腰を下ろしていたところだが、ヒースは王子の足元に膝をついて頭を垂れた。

「殿下の救出が遅くなりましたことを、お詫《わ》びします。大変申し訳ありませんでした」

「ヒース、もうお詫びは何度も聞いたから、いいよ。それに遅くなかった。なんていうか、ちょうどいい感じだったと思う」

「ちょうどいい？　なにがですか？　そんなわけがないでしょう。あなたは、あなたは——」

その身を汚されたのに、と言葉にすることができず、ヒースはその苦しい思いを飲みこむ。浴室からぞろぞろと出てきた侍従たちがヒースの背後を通っていった。その足取りがなぜだかのんびりしているように感じて、苛立つ。振り返りざま、声を荒げた。

「医師はまだなのか。殿下を診てもらわなければ」

侍従たちは顔を見合わせ、老侍従長にこそこそとなにやら耳打ちした。老侍従長は何度か頷き、ヒースに「医師を呼んでおりますが、この者たちの言うことには、殿下のお体には目立ったお怪我などはなかったそうです」とふざけた返事をする。陵辱されたのならば体の内側に傷があるだろう。

「なにを呑気《のんき》なことを言っている。一刻も早く医師をここに連れて来い！」

カッとなって怒鳴ったヒースに、ロデリックが「落ち着いて」と宥めてくる。

「落ち着いてなどいられません！」

「僕はどこもケガをしていないから」

安心させようとしてか、ロデリックがきれいに微笑む。それが強がりだとわかるから、痛々しくてヒースは過激派への怒りを再燃させた。

「あなたを連れ去り乱暴を働いた者たちをすべて処刑します。私が責任をもって、全員殺します」

アクランドは当然のこと、あの屋敷にいた者たちはすべて斬首する。ロデリックの陵辱に加担した者はただ殺すだけでは物足りない。ロデリックのあられもない姿を見たその目を抉り、ロデリックに触れた手の爪をすべて剝いだあとてのひらを焼き、舌を抜き、鼻と耳を削《そ》ぎ、水責めにして、最後に、砂漠に放置してやりたい。ハゲタカの餌食になり、苦しみ悶《もだ》えながら死んでいけばいい。

「殿下を酷い目にあわせた輩《やから》を、死ぬよりも辛い目にあわせましょう」

ヒースが両手をぐっと握りしめて呻きながらそう言うと、しばし考える表情をした王子は、侍従たちに退室するよう命じた。

「僕とヒースを二人きりにしてくれ」

老侍従長が侍従たちを促し、彼らは従順に部屋を出て行った。寝室に二人きりになる。

「ヒース、なにか誤解をしているようなので、きちんと話をしよう。この位置では話しにくい。こちらに座ってもらえないか」

そう言われて、ヒースはのろのろと立ち上がった。ロデリックの隣に腰掛ける。できるならばずっと床に膝をついて頭を下げ続けていたいくらいだったので、王子の横に座るのは苦痛だった。

なにもかも自分のせいだ。過激派を取り締まりきれなかったのも、そもそもロデリックを女装させて身代わり役を務めさせたのも。ロデリックがイントッシュからの手紙を、ヒースに相談しなかったのは、留学話を頭から拒絶してしまったからだ。なにもかも、自分が悪い。

「ヒース」

「はい……」

「僕はあの屋敷で乱暴なことはされていない」

ロデリックの落ち着いた声が、意味をともなってヒースの耳に届くまで時間がかかった。

は？　と声が出そうになり、ぐっと飲みこむ。

「……そんなはずは――いえ、その」

ヒースが監禁場所に踏みこんだとき、ロデリックは寝台の上にいて裸同然の姿になっていた。誘拐されてから数刻もたっていたのだ。そのあいだ、あの様子で乱暴されていない、という主張には無理がある。なにもなかったと言いたい心理状態に陥っているのかと、ヒースはますますロデリックが哀れに思えた。

「殿下、あの場でのことは、その、詳しくお聞きしませんが――……くそっ、あいつら全員ぶっ殺してやるっ」

つい下品な言葉が口をついて出た。ハッとして口を閉じたが、聞いてしまったロデリックは目を丸くしている。

「ヒースでもそんな言い方をするんだね」

「申し訳ありません。つい……殿下が酷い目にあわれたのかと思うと、腸《はらわた》が煮えくりかえるような思いです」

「だから、それほど酷い目にはあっていないから」

「ですが、殿下が連れ去られてからずいぶん時間がかかりました。そのあいだ、なにもされていないというのは――」

「あの部屋に放置されていた。おそらくアクランド伯爵はべつの場所にいて、僕の誘拐が成功したという知らせを受けてから、あの屋敷に来たのだと思う。僕を誘拐した男たちは、アクランド伯爵を待っていたのではないかな」

「放置されていた？」

そう、とロデリックはこくこくと何度も頷く。にわかには信じられない。

「僕を迎賓館から連れ出したのはラガルド王国の従者と、金で雇われた男たちだ。マンフレッド殿下にも会った」

「イントッシュ殿下からだいたいの事情は聞きました。現在、マンフレッド殿下の行方を追っています。自国に戻るつもりでしょうから、国境のどこかで発見されると思います」

「金で雇われた男たちは、ラガルド王国の従者の指示に従っていた。彼は僕をアクランド伯爵に会わせるまでは手を出すなと、男たちに言い含めていたのかもしれない。それで時間が稼げた。でもヒースがあの場所を突き止められず助けに来られなくて、朝まであそこにいたなら、僕は身も心も汚されていただろう……」

ロデリックが両手で自分を抱きしめ、ぶるっと震える。その様子は嘘《うそ》をついているようには見えなかった。

「本当に、汚されてはいないのですか」

「そうだ」

「本当に？」

「くどいな」

「こんなにお美しい殿下を前にして、手を出さない男がいるのですか。たまたま不能ばかりが揃っていたのですか！」

「おまえはなにを言っている」

「少々お待ちください」

ヒースはふらりと立ち上がり、寝室を出た。次の間には追い払った侍従たちが待機していた。ロデリックの湯浴みを手伝った侍従もいる。「おい」と声をかけた。

「湯浴みのとき、殿下の体を見たな？　傷はなかったのか？」

「とくにありませんでした」

「その、殿下は身を汚されていないと主張しているのだが、どう思う？」

「その通りだと思います。ですから医師を呼ぶ必要はないのでは、と侍従長に進言いたしました。いろいろな意味で、殿下がご無事で安堵しております」

侍従が微笑んだので、ヒースは「そうか」と踵を返す。寝室に戻ると、ロデリックは動かずに待っていた。

「殿下、ひとつお聞きしていいですか」

「なに？」

「ドレスがびりびりに破れていたのはなぜですか」

「僕が男だとわかったとき、アクランド伯爵が激高して襲いかかってきたのだ。そのときに破られた。髪もめちゃくちゃにされて、痛かったな」

「あの野郎」

また下品な悪態が漏れ出てしまい、ロデリックがくすっと笑った。

「でもケガらしいケガはしていない。薬も使われていない。ヒースのおかげだ。まさか宰相のあなたが鎧をまとって突入してくるとは思ってもいなかった。とても格好よくて、伝説の勇者のようだったよ」

ロデリックが頬を紅潮させて褒めてくれる。

「ヒース、こちらに来て」

また隣に座れと命じられ、ヒースはその通りにした。ロデリックがおずおずといった感じで手を伸ばしてきて、ヒースの手を握る。

「誘拐されて、どこかもわからない場所に監禁されて、もう生きて戻れないかもしれないと絶望したとき……考えたのはヒースのことだった」

囁くような声で語りはじめた。碧い瞳がちらりとヒースを見る。

「あんなところで、見ず知らずのならず者たちに身を汚されるくらいなら、どうして一度でもヒースに抱いてもらわなかったのかと、後悔した」

「殿下……」

驚愕のあまり、ヒースは瞠目する。まさかロデリックの口から、そんなあからさまな言葉が出てくるとは思ってもいなかった。

「ヒース、好きだ。あなただけを、ずっと好きだった」

握られた手を引かれ、上体がぐらりと傾《かし》ぐ。距離が縮まり、潤んだ瞳がヒースに迫ってきた。

「今夜、このまま、あなたを離したくない。いつなにが起こるかわからないということを、私は今日、学習した。後悔したくない。お願い、今夜だけでいいから、抱いてほしい」

愛する王子から求愛されて、ぐらぐら揺れない男などいないだろう。ましてや寝室の中に二人きりだ。隣の部屋に侍従たちはいるが、呼ばなければ入ってこないことはわかっている。

「し、しかし、殿下はいずれ女性と結婚を――」

「そうだね、僕はそのうち母上が決めた女性と結婚しなければならないだろう。あなたのことが好きだから、ほかのだれとも結婚などしたくないけれど、王子として生まれたのならばそれは義務だ。理解している。だからいまだけでいい。今夜だけ、あなたの恋人にしてほしい。お願い」

困惑の極致に達し、ヒースはなにも言えなくなる。

「子作りの方法は知っているよ。精通があったときに医師から話を聞いた。そのあと、男同士の交わりについて、自分で調べた。だから、囚われたさきで、自分がなにをされそうになっているか、ぜんぶわかっていた。だからこそ、ヒースが僕の最初の人であってほしいと思ったんだ」

ロデリックは真剣だった。だからこそ、伝わってくるものがある。

「僕は女王の息子だ。これからも、いつ、なにがあるかわからない。だからいま、あなたに、お願いしている」

理性と感情の狭間《はざま》で、どうすればいいのか判断がつかない。宰相としてなら断固として拒絶しなければならない。だが、すでに宰相の職を投げ打ってみずからロデリックを助けに行っている。責任能力に難ありと女王に責められるのはわかりきっていた。

ひとりの男としては、健気で一途なロデリックを思いきり抱きしめてやりたかった。

ふと、ヒースの手を握るロデリックの手が、かすかに震えていることに気づいた。どれほどの勇気をふりしぼって迫っているのだろうか。

万事、控えめで、想いを胸に秘める性格のロデリックだ。決死の覚悟で、臣下であるヒースに伽《とぎ》を頼んでいる。ヒースとの一夜を願っている。

それほど求められて、男冥利に尽きると言えるだろう。

ヒースは腹を決めた。

愛する王子に応えよう。

あと数日で誕生日を迎えて成人するといっても、今日の時点では未成年。合意の上の行為だとしてもヒースは責められるだろう。

たとえ、明日の朝、怒り狂った女王に首を刎ねられても構わない。一夜のために命をかけた愚か者と誹《そし》られても、本望だと笑ってみせよう。

「殿下」

ヒースはロデリックの手を握り返した。

「私もあなたを愛しています。ずっと前から」

目を大きく見開いたロデリックは、「本当に？」と涙を浮かべる。

「けれどあなたは王子。想いを告げることはできず、胸に秘めておりました」

「ヒース……嬉しい」

ぽろりと宝石のような涙が白い頬を伝って落ちていく。薔薇色の唇が、微笑みのかたちになった。

「どうか、今宵《こよい》、私をあなたの恋人にしてください」

「ああ、ヒース！」

縋りついてきたロデリックを、ヒースは想いをこめて抱きしめた。

◇

夢のようだと思いながら、ロデリックはヒースに寝台まで運ばれた。

そっと、大切なもののように静かに寝台に下ろされて、精悍な顔を見上げる。借りもののシャツとズボンだけのヒースは、威厳が控えめになっていて、いつもより少し若く見えた。

大きな手がロデリックの頬を撫でる。あまり柔らかくない、なめし革のような感触。剣を振るう手だ。監禁されていた部屋に飛びこんできたヒースは、革鎧を身にまとい、剣を手にしていた。あまりにもさまになっていたから、きっと男たちはまさかヒースが宰相だとは思わなかっただろう。アクランドも気づいたかどうか。

ヒースが助けに来てくれて嬉しかった。それどころではない場面なのに、ロデリックは歓声を上げたくなるほどに胸が躍った。

そしていま、彼はロデリックの願いをかなえてくれようとしている。

ヒースが、ロデリックの腰で結ばれている紐を解いた。湯浴みをした直後で、ガウンしか着ていない。前の合わせがはらりと開くと、もうロデリックは半裸だ。いつも侍従たちに裸を見られているが、やはり好きな人に見られると恥ずかしい。ロデリックは顔に血が上ってくるのを感じた。

「殿下、お美しい……」

感嘆の声をもらっても、かえって羞恥は募る。自分だけ肌を露わにしているのが不満だった。

「ヒースも、脱いでほしい」

はい、とヒースは従順にシャツのボタンを外しはじめる。現れた上半身は、惚《ほ》れ惚れするほどしっかりと筋肉がついていて、まさに男性美の極みと言えた。ヒースはためらうことなくズボンの前も開き、足から抜いてしまう。潔く下着も取ったヒースは、全裸でロデリックの前に立った。

股間には頭髪の銀色よりもわずかに黒が混じった茂みがあった。そこから男性器がぶら下がっている。どうしても目が吸い寄せられてしまい、ドキドキしながら見つめた。

平常時とは思えないほど立派な大きさだ。自分のものとはぜんぜんちがう。大きさも、太さも、色も、たまらなく卑猥《ひわい》に思えてしまう。なぜだか凝視しているうちに、口腔《こうこう》に唾液がたまった。それを飲みこむと、ごくりと喉が鳴ってしまう。物欲しそうにしているようで、ロデリックはカッと顔を熱くした。

「殿下……」

ヒースが甘く囁きながら覆い被さってくる。顔が近づいてきて、ロデリックはとっさに目を閉じた。

予想はまちがっていなかったようで、唇にふわりとあたたかなものが触れる。おずおずと目を開けると鼻先が触れあうほどの至近距離にヒースの顔があった。唇にくちづけられたのだ。

いままで額や頬にしかもらえなかったくちづけ。やっと唇にしてくれた。じわりと喜びが湧いてきて、ロデリックは笑顔になった。

「ヒース」

もう一度してほしい、と言葉にできなくて目でねだった。想いが通じたのか、ヒースがまたくちづけてくれる。今度は触れるだけでなく、ちゅっと軽く吸われた。唇がじん、と痺れたようになる。

「感じましたか」

問われても意味がわからず、ロデリックはぼうっとヒースを見つめた。

「では、もう一度」

重なってきた唇が、ロデリックの唇をやや強く吸った。なにか大切なものを吸いとられたのかもしれない。のけぞったひょうしに唇が開いた。そこにヒースの舌が入ってくる。驚いて、とっさに引こうとしたロデリックの頭を、ヒースの大きな手が包みこんだ。

「ん、んっ」

ヒースに頭を固定された状態で、ロデリックは口腔を舐め回されることを許してしまった。肉厚の舌で口の中がいっぱいになる。突然のことに怖《お》じ気《け》づく舌を引っ張り出されて絡められた。舌先を緩く噛まれて全身に衝撃が走り、背筋がびくびくと震える。執拗《しつよう》に舌を絡められ、はじめてのいやらしい感触に目眩《めまい》がしてくる。ぬるぬると、舌と舌が擦《こす》れあう。気持ちいいのか悪いのかすらわからなくて、けれどやめてほしくなくて、続けてほしくて、ロデリックはヒースの逞しい首にしがみついた。

くちづけながら寝台に押し倒される。ヒースはさらに深くロデリックの口腔を支配した。上顎を舐められて勝手に跳ねる体を、ぐっと体重をかけられて押さえつけられる。ほとんど身動きできない体勢で延々とくちづけられた。

口腔の奥にたまっていく二人分の唾液を、ロデリックは溺れる前に飲み干さなければならなかった。何度も飲み下しているうちに、体の芯がどんどん熱くなっていく。頭に霞《かすみ》がかかったようになり、くったりと全身が脱力した。くちづけを受けている口腔だけが意識の中にあり、それ以外のすべてがとろとろに蕩《とろ》けてしまったような錯覚に陥った。

ヒースの舌が誘うように動くから、ロデリックはいま学んだばかりの動きで応える。ヒースの舌を舐めて、夢中になって吸った。口腔がひどく敏感になり、どんなささいな動きもたまらなく感じる。

長い長いくちづけが終わり、唇が離れた。閉じていた瞼を上げると、ヒースが心配そうにロデリックを見つめていた。

「殿下、大丈夫ですか？」

「……ら、らいじょ……ぶ……」

呂律《ろれつ》が回らない。延々と舌を嬲《なぶ》られたせいだ。幼児語のようにしか発音できなくて驚いた。くちづけでこんなことになるなんて。

「殿下、頬が赤くて、可愛いです」

ふふふ、と笑われてロデリックはますます顔を熱くする。

「可愛すぎて、私はもうこんなふうになってしまいました」

言いながら、ヒースが腰をぐりっと回すようにした。ロデリックの腹になにか固いものが当たっている。ずっとそこにあったのに、くちづけに夢中で気づかなかったようだ。

「なに、これ」

ヒースは全裸のはずなのに、どこかに懐剣でも隠していたのか。

「殿下もおなじように勃《た》っていますよ」

「えっ」

ヒースが少しだけ体を浮かした。密着していた二人の体に隙間ができて、ヒースの手にロデリックの性器が摑まれる。あっ、と声が出るほどの快感が走り、ロデリックは動揺した。いつのまにか自身の性器は限界近くまで膨張していたのだ。くちづけだけで。

ではさっき、腹に当たっていた固いものは――。

ロデリックはおずおずと視線を向けてみた。ヒースの下腹部、暗がりにちらりと見えたのは、自分のものとは比べようもないほど立派な性器だった。通常時でも大きかったのだ。勃起《ぼっき》したらどれほどになるのか、と想像していた以上に凶悪なものが、臍《へそ》につくほどに反り返っていた。

「あなたがほしくて、こんなことになってしまいました」

「すごい……」

触れてみたくて、手を伸ばす。

「触っても、いい？」

「ご自由にどうぞ。これは、あなたのものです」

「ぼくの、もの」

ロデリックはこちらを向いている先端に指先で触れてみた。とたんに、ビクンと跳ねるように動いたから驚く。ちょっと可愛いかもしれない。先端の丸みをてのひらで包みこんでみた。熟れた果実のような部分を握って、その弾力と熱をてのひらで味わう。

「これが、ヒースの」

愛する男の大切な器官を触らせてもらっている喜びに浸る。にぎにぎと感触を楽しんでいたら、てのひらがぬるついてきた。先端の割れ目から体液が滲んでいる。

「……濡れてきた……」

「はい、あなたに触られて、喜んでいるようです」

まるで性器は別人格のような言い方をするから面白くなって、ロデリックはもっとあれこれしたくなった。太い幹を握りこみ、上下に擦ってみる。割れ目からは絶え間なく体液が溢れ出し、ロデリックの手を濡らした。

「うっ……」

かすかにヒースが呻く。表情を窺うと、苦しそうに眉間に皺を寄せていた。

「ヒース、ぼくのやり方、変？」

「いいえ、とても気持ちがいいです。けれど、このままだと出してしまいそうなので、いったん離してもらえますか」

もっと弄っていたかったが、ヒースの言う通りに手を離した。

「あなたの体中にくちづけをさせてください」

「体中？」

舌の痺れがやわらぎ、普通にしゃべれるようになってきた。

「あなたの体のすべてに愛を示したいのです」

「男同士の性交は、片方の性器を片方の直腸に挿入して果てることだと知っている。ヒースのこれを僕の後ろに挿入しないのか？　もしかして逆がいいのか？」

てっきり自分が抱かれる方だと思っていたが、と疑問をぶつけると、ヒースは苦笑した。

「もちろん殿下を抱きたいと思っています。けれどその前に、あなたの体の隅々まで愛したい」

「隅々まで……」

「それに、いきなり私のこれは入りません。時間をかけて広げなければならないでしょうね」

「広げるとは、どうやって？」

「それは、私が実地でお教えします。楽になさってください」

ロデリックはヒースにすべて任せることにして、無防備に裸体を寝台に広げた。

「あなたになら、なにをされてもいいよ」

「ありがとうございます」

まずヒースはあらためてロデリックにくちづけてきた。ゆったりと唇を食《は》まれ、そこからぞくぞくとした快美な感覚が全身へ伝わっていく。ロデリックはヒースのくちづけが大好きになっていた。

そのヒースはロデリックの顔中にくちづけて、耳たぶを甘噛みした。じくっと甘い痛みがあり、ロデリックはわずかに喘《あえ》ぐ。耳たぶの裏を舐めたあと、ヒースは首筋にくちづけた。くちづけは鎖骨に降りていき、窪《くぼ》みを丹念に舐め回す。同時に胸の飾りをヒースの指が摘《つま》んだ。

「あっ、ヒース」

なぜそんなところを摘むのか。ちくっとした痛みがあったのでやめさせたかったが、抗議する前に片方の尖りを口に含まれた。最初はくすぐったかっただけなのに、舌でねっとりと転がすようにされ、ツキツキとした痛がゆいような感覚が生まれる。これはいったいなんなのか。

「なに？　あ、あっ、なにっ」

「なにも感じませんか？」

「わからない。でもなんか、変な感じがして……」

「それならば、きっともうすこしで感じるようになります」

「そうなの？　男なのに？」

「性別は関係ありません」

ヒースがそう言うのなら、そうなのだろう。異様な感覚を我慢して、ロデリックはじっとしていた。

そのうち胸の感覚が鋭くなってきて、まるでそこに小さな心臓があるかのように、ドキドキズキズキしはじめる。ジュッと音がするほど強く吸われたとき、「あんっ」と甘えたような変な声が出た。

ヒースが顔を上げ、嬉しそうに微笑む。

「変な声が出た……」

「いいえ、変ではありません。感じはじめた証拠です。声は我慢せずに、出してください」

でも意識せずに出てしまう声は、なんだか恥ずかしい。ロデリックはヒースの言葉に従いたくなくてキュッと唇を噛んだ。けれどヒースが両方の乳首を口と指先で延々と弄るうちに、耐えられなくなってくる。

男でも感じるのは本当だった。しだいにはっきり快感だとわかるようになってくる。強弱をつけて胸を吸われ、舌で舐め転がされ、もう片方を指で摘まれたり押し潰されたりされて、ロデリックは身も世もなく悶えた。

「ああ、ああっ、ヒース、いや、あんっ」

逃れたくても上から下半身に体重をかけられて動けない。ヒースの胸あたりで押し潰されているロデリックの性器は、一度も放っていないのに、すでにドロドロになっていた。もう出したい。限界まで膨れ上がっている。けれど直接の愛撫《あいぶ》がなくて、いくことができない。自分で扱《しご》きたくとも、ヒースの胴体がじゃまで触れない。何度か自慰で欲望を処理したことはあるが、ここまで我慢した経験はなかった。いつもならとうに出してしまっている。

「ヒース、ヒース、もう、辛い、もう……っ」

半泣きで訴えたら、やっとヒースが胸から顔を上げてくれた。けれどそれで終わりではなく、前言通りに体へのくちづけを再開する。脇腹から臍へと、ヒースはくまなく肌にくちづけて、ときおり強く吸った。股間を避けて、ヒースはロデリックの大腿部から膝へと唇を這わせる。両脚を広げられ、内股を舐められたときは「ひん」と子馬の嗚き声みたいな声が出た。

「あ、あっ、ヒース、やだ、もうっ」

「まだです」

全身のあちらこちらが敏感になっているのか、ふくらはぎから足の甲を舌でたどられて背筋をびくびくさせてしまう。とうとうロデリックは自分の性器を握った。くちくちとわずかに上下させるだけで、たまらなく気持ちいい。足の指を一本ずつヒースに舐められて、ロデリックはもう爆発しそうになった。

「あーっ、あっ、だめ、だめっ」

「まだ気をやってはいけませんよ」

性器を扱いていた手を外されて、ロデリックは潤んだ目を向けた。ヒースは慈悲深く見える笑みを浮かべている。

「もうすこし耐えてください」

「……ヒース、怒っているのか？」

「どうしてそう思うのですか」

「だって、とてもいじわるだ」

「いじわるをしているつもりはありませんが、そう思わせてしまったのならすみません。あなたが可愛いから、ついしつこくしているかもしれません。怒ってなどいませんよ。もっと、あなたを堪能させてください」

「堪能……これが堪能？」

「そうです。私はずっとあなたとこうしたかった。体中にくちづけて、気持ちよくさせて、体を繋げてひとつになりたいと思っていました」

ぐいっとロデリックの両脚を持ち上げ、そのあいだにヒースが割りこんでくる。股間と股間が触れあい、固くなっているものがごりっとぶつかった。

「あうっ」

重い衝撃が腰に響き、ロデリックはのけぞる。

「さあ、いまからあなたの後ろを解《ほぐ》します。私のこれが入るようにしなければなりません」

「うん……」

「私がこれからなにをしても、あなたの体のためを思ってのことなので、耐えてください。いいですね？」

うん、とロデリックは躊躇《ためら》いながらも頷いた。わざわざヒースがそんな念押しをするということは、きっといままで以上になにか凄いことをされるにちがいない。耐えられるだろうか、とロデリックは不安になった。

「では」

ヒースはロデリックの両膝の裏に手を置くと、ぐいっと持ち上げた。膝が目の前に来るほど、ロデリックの体を二つに折る。股間がヒースの前に晒されて、啞然とした。

「殿下は体が柔らかいですね」

「な、な、な……」

「じっとしていてください」

驚きのあまり言葉が出てこないロデリックに微笑みかけて、あろうことかヒースは尻の谷間に顔を埋めた。後ろの窄《すぼ》まりにぬるりとしたものが触れる。

「ヒース！」

制止しようと名を呼びながら足をバタつかせたが、ヒースの腕はロデリックを押さえこんで動かない。窄まりに舌が這わされて、異様な感触に悲鳴が上がりそうだった。ここで侍従たちを呼べば、たぶん彼らは踏みこんでくる。そしてヒースを離してくれるだろう。一時的にロデリックは安堵できるかもしれないが、そんなことになればおそらく二度とヒースと同衾《どうきん》することはかなわない。

ロデリックは口を自身の両手で塞ぎ、ぎゅっと目を閉じた。ヒースにならなにをされてもいいと言ったのは自分だ。それにヒースは、これからなにをしてもロデリックの体のためだから、と前置きした。これは二人が体を繋げるために必要なことなのだ、きっと。

ロデリックが観念したと察したのか、ヒースは両脚の動きを封じていた手を離し、萎えかけていた性器を弄り出した。とたんに快感が復活し、窄まりを舐め回す舌の動きが気にならなくなった。

ヒースの手は巧みに動き、ロデリックの屹立《きつりつ》とその下の袋を刺激する。袋から窄まりのあいだも舐められて、しだいに気持ちよくなっていった。

「あ……、んっ……」

フッと力が抜けたひょうしに、尖らせた舌が窄まりの中に入ってきた。柔らかなそれが、まるでロデリックを慰撫するように粘膜を撫でていく。舌といっしょに固くて細いものが入ってきたとき、一瞬だけ緊張したが、すぐにそれはヒースの指だとわかった。

異物感はしだいに気にならなくなり、指は舌では届かなかった奥をくすぐるようにしては出入りする。そのうち指先がかすめたところに快感の芽があることに気づいた。

「あっ」

ひくん、と腰が震えて、粘膜が勝手に指を締めつけてしまう。ヒースが顔を上げて、ホッとしたように微笑んだ。

「見つけました。ここですね」

「なに？」

「あなたが感じるところです。見つけることができてよかった。指を増やします」

宣言通りに指が二本に増やされ、ロデリックの後ろを出入りする。痛みはなく、感じるところを指先で撫でられるのは気持ちがよかった。また性器が限界に達しそうになったが、ヒースが根元をぎゅっと握ってしまう。

「まだです」

「もう辛い……」

「私の指が四本入るまで、耐えてください」

「四本？」

そんなに入るまで広げるのか、と驚いたが、ヒースの股間にそそり立つものの大きさを考えたら、それでも少ないかもしれないと思った。

ヒースは根気強かった。ロデリックを言葉で宥めすかしては指を増やし、気を紛らわせるために胸を吸ったりいかせないていどに性器を弄ってくれたりした。太い指が四本入るようになるまで、どれくらい時間がかかっただろうか。ロデリックはもう疲れていたが、ヒースと体を繋げたい一心で耐えていた。

「入れますよ」

両脚を限界まで広げられても、それまでさんざん体中を愛撫され尽くしたロデリックは抵抗感がなかった。柔らかく解された後ろにヒースの剛直があてがわれる。ぐっと押し入ってきたそれを、ロデリックは受け止めた。

指四本よりも太くて、舌よりも熱くて、とても固い。ヒースの情熱の塊は、ロデリックの愛を試すかのように、無垢な粘膜を突き進み、奥まで埋め尽くした。

重くて、苦しい。ロデリックは気が遠くなりそうだった。でも喜びは大きく、体ではなく心で感じた。長年の願いがかなったのだ。小さく喘いでいると、ヒースの大きな手で頬を撫でられた。

「殿下、大丈夫ですか？」

たぶんあまり大丈夫ではないが、ロデリックはうんと返事をした。

「ぜんぶ、はいった？」

「入りました」

「……うれしい……」

「私も嬉しいです」

ヒースが微笑む。いままで見たことがないくらいに満ち足りた、幸せそうな笑みだった。

瞳が潤んできて、目の前にいるヒースの顔が見えなくなる。もっと見ていたいのに、いまからどんなふうにヒースの表情が変化していくのか、一瞬も視線を逸らさずに見つめていたいのに。

「動いても、よろしいですか？」

ロデリックが頷くと、ヒースはゆっくりと腰を動かしはじめた。酷い異物感は性器を弄られることで紛らわされる。ヒースが腰をぐるりとまわしたとき、さっき指で探りあてられていた感じるところを抉るように刺激された。

「あっ！」

びくん、と全身が跳ねる。するとヒースはそこばかりに当たるよう腰を入れてきた。快感が背筋を貫く。背中をのけぞらせて、ロデリックは嬌声《きょうせい》を上げた。

「ああ、ああっああっ、ひ、あうっ」

「痛みはありませんか、殿下、ここは、どうです？」

ちがう角度から奥を突かれ、解されて蕩けていた粘膜が驚喜して迎えるのがわかる。目が眩むような快感に、ロデリックはもう頭がおかしくなりそうだった。

「んぁあっ、あっ、だめ、そこ、いやぁ」

「ここはだめですか」

ぴたりとヒースが動きを止めてしまう。はぁはぁと薄い胸を喘がせて、ロデリックは呆然《ぼうぜん》と天蓋《てんがい》を見上げた。視界に膜が張ったようになっているのは、絶え間なく涙が滲んでいるせいだ。ヒースの顔もよく見えない。どんな表情で中断したのかわからない。

「だめ、ではない……」

こんな中途半端なところで止めてしまう気だろうか。不安になって両手を伸ばした。ヒースが上体を倒して、顔を近づけてくれる。その逞しい首に両腕をまわし、引き寄せた。

ヒースの顔がよく見える。額に汗を滲ませて、真剣な目でロデリックを見つめていた。

「止めないで、もっとしてほしい……」

「よろしいのですか。お辛いのでは？」

「ちがう、気持ちよすぎて、どうにかなりそうだったら、つい、いやだとかだめだとか口走ってしまっただけ……本心じゃない」

正直に言わなければ繋がりを解いてしまいそうだったので、ロデリックは「頼むから、続けて」とねだった。

「では、感じているのなら素直に声に出してください。私はわかりませんので」

「素直に……」

「気持ちいいならいいと、言ってください。ここから出してしまいそうなときは、いく、と教えてください。私が調節します」

ここ、とロデリックの性器をきゅっと握ってくる。あん、と声が出た。同時に後ろが勝手に締まり、体内のヒースをきゅうと切なく揉みこむ。ヒースが「くっ」と低く呻いた。

「続きがほしいのは嘘ではないようですね」

深呼吸したあと、ヒースが目を眇《すが》めた。カッコいい。

「全部、私がいいようにします。そのためには、殿下がどのような状態なのか知る必要がありますから。任せてください」

「わかった」

なにもかもヒースに任せれば、悪いことは起きない。いつもいつもロデリックのために考えてくれていたヒースなのだから。

「殿下……」

ヒースがくちづけてきた。ロデリックの唇を食みながら、重い突きと焦らすような引きで粘膜をかきまわしてくる。鮮烈な快感に襲われて、嬌声が迸《ほとばし》った。

「あーっ、あっあっ」

気持ちいい。痛みが完全に消えたわけではないが、それよりも快感が大きかった。内側から性器の裏を刺激されているせいか、長いこと勃起状態のロデリックのそれは限界を超えて真っ赤に腫れている。痛みを発するほどになっていたが、ヒースの指で根元を押さえられていて射精できない。

気持ちいいのに苦しい。混乱の中でロデリックは泣いて「いい」と言わされた。

「いいですか?」

「いい、いいから、もう、出したいっ」

「どんなふうにいいですか？」

どう答えていいかわからない質問をされて、ロデリックは喘ぎながら「かたくて、おっきい」とだけ感想を言葉にした。またヒースが「くっ」と呻く。体内でヒースがさらにぐっと膨れ上がったような気がした。

「ああっ」

助けを求めるようにヒースにしがみつくと、抱き返された。挿入の角度が変わり、またあらたな快感に蕩かされる。もうどこもかしこも蕩けきって、ロデリックは自分がなくなってしまいそうだった。

「あうっ、あっ、あーっ、こわ、こわい、ヒース、ヒース」

「なにが怖いのですか？」

「きもちよすぎて、こわい」

ひぃ、と情けない声が出て、涙が溢れた。その涙をヒースが吸いとるように頬に唇を寄せてくる。

「たすけて、ヒース、そこ、だめぇ」

「だめですか？　本当に？」

「だめ……じゃない、そうじゃない、ヒースぅ、ああん、あう、あーっ」

「ここがいいんですね？」

「いい、いいっ、ヒース、そこ、いいぃ」

「ああ、なんて可愛らしい。はじめてなのに、これほど感じてくださって、感動しています」

「ヒースぅ」

「殿下、愛しています」

抱きすくめられて、またくちづけられる。灼熱《しゃくねつ》の肉棒で粘膜を抉られながら、口腔内を舌で激しくまさぐられた。あちらこちらを容赦なく嬲られ、ロデリックはとうとう絶頂に達した。

「いく、いく、い………っ！」

激しく揺さぶられながら、体内から押し出されるように白濁をまき散らした。

「ああーっ、あーっ、ひぃ、あぅっ、あぁぁぁぁっ」

がくがくと全身が痙攣《けいれん》する。埋めこまれたヒースをきつく締め上げてしまう。その大きさと固さ、熱がありありと感じられて、ロデリックは立て続けに達していた。

「あーっ、あーっ、ああ、ああ、ああっ」

「う、くっ」

ヒースが動きを止めて、体を硬直させる。その直後に、ロデリックの中で迸るものがあった。それは断続的に続き、中をたっぷりと濡らしていく。愛する男のものを受け止めて、ロデリックはうっとりと目を閉じた。

そっとヒースが腰を引き、繋がりが解ける。ロデリックの汗ばんだ髪を、大きな手がかき上げた。目を開けば、間近に愛しい男の顔がある。満ち足りた表情のヒースに、ロデリックは微笑みかけた。

「ありがとう、ヒース。とても……素晴らしい時間だった……」

頭がふわふわする。指先まで幸せが詰まっている感じがした。

「もう終わりだと思っているのですか？」

「え……」

きょとんと目を丸くしたロデリックに、ヒースは滴るほどの色気をまなざしにこめてくる。見つめられだけで、ふたたび兆《きざ》してきそうな目つきだった。

「夜は長い。まだこれからですよ」

「……もっと、抱いてくれるの？」

「あなたが望むなら、何度でも」

ちゅっ、と頬に唇が降ってくる。

「でも本当は、私があなたをもっと抱きたいのです。あなたがもう疲れたと言うのなら諦めますが、私はまだ足りない。いろいろな方法であなたを可愛がりたい。あなたがどんなふうに可愛らしく悶えるのか、淫らに喘ぐのか、見てみたい。知りたくないですか、色事のあれこれを」

「ああ、ヒース」

ロデリックは感激してヒースの逞しい胸に縋りついた。汗でしっとりと濡れた分厚い胸に、ロデリックはくちづける。

「教えてほしい。ヒースがしたいと思っていることをすべてしてくれればいい。僕の喜びは、きっとそのすべてにある」

「素晴らしい心意気ですね」

クスクスと笑うヒースがとても楽しそうで、ロデリックも嬉しかった。

「一度体を洗いましょう」

提案したヒースに抱き上げられて、ロデリックは隣の浴室へ運ばれた。湯浴みをしたままの状態だった浴室には、まだ残り湯がある。冷めていたが、火照った肌にはちょうどよかった。洗うだけならば問題はない。

「中に出してしまったので、排出した方がいいでしょう」

ヒースはそう言い、浴槽の中にロデリックを座らせて後ろの窄まりに指を入れてきた。羞恥で背中を丸めながらも、ヒースが言うならばそうした方がいいのだろうと、従った。すっかり広げられていたそこはヒースの指を難なく受け入れ、大量に注がれた体液を滴り落とす。

「もう、いいだろうか」

「いえ、まだです。頑張ってください」

「ううぅ」

すべてをヒースに見られている。せめて自分は見ないでおこうと、ロデリックはきつく目を閉じた。

なんとかヒースに合格点をもらい、浴槽から出してもらう。浴室の隅に積まれていた布を羽織り、ヒースも下半身をザッと湯で流すのを待つ。さっきまでロデリックの中で暴れていた性器は、半ば萎えている。けれどずっしりとした重量を感じさせる様相に、目が引きつけられた。

「殿下、また兆してしまっていますね」

「えっ」

指摘されて気づいた。ロデリックの性器がいつのまにか勃ちかけている。体に巻いた布のあいだから飛び出していて、ロデリックは慌てて隠した。

「抜いてさしあげましょうか」

「ぬ、抜く？　それはどういう……」

「こちらへ」

籐で編まれた椅子へと促され、ロデリックは布を巻いたまま座った。ヒースは全裸で横に膝をつく。布を開かれて、股間を露わにされた。なんと、そこにヒースが顔を埋める。ロデリックの屹立に舌を這わせた。

「なに、ヒース、なにを……！」

「こうした性技もあるのです。じっとしていてください」

「あっ」

ヒースの口腔に含まれてしまい、あまりの気持ちよさにロデリックは顎を上げた。ぬるぬると舌で舐められ、唇で扱かれ、またたく間に絶頂へと追いやられる。緩く両脚を広げられ、袋をやわやわと揉まれて、さらに官能が募った。

「あ、ああ、ヒース、そんな、ヒース」

ロデリックは籐の椅子の上で悶え、股間に張りついているヒースの頭を両手でまさぐった。短い銀髪をかきまぜて、無意識のうちに自分のそこに押しつけてしまう。

「あ、ううっ」

ヒースの手が尻の谷間に滑りこんできた。もう、ただの排泄器官《はいせつ》ではなくなってしまった窄まりに指が入りこんでくる。二本の指がくちゅくちゅと音を立てながら粘膜をかき回した。感じるところを刺激されてしまうと、ロデリックは我慢できない。

「あーっ、あっ、あーっ、いく、いくっ！」

とうとうヒースの口の中に漏らしてしまう。間を置かずの二度目だったので、たぶん量は少ない。でもすごく気持ちがよくて、しばし放心した。ぼうっとしたまま顔を上げたヒースを見て、彼の喉がごくりと音を立てたのでびっくりした。

「もしかして、飲んだ？　飲んだのか？」

「飲みました」

「あんなものを飲んで、大丈夫なのか？　腹を壊すのではないか？　具合が悪くなったり……」

「大丈夫です。あれは命の源ですから、体に悪いことはありません。美味しくはないですが」

「……美味しくないのに、なぜ飲んだ？」

「あなたが出したものだからです」

微笑んでいるヒースから愛情を感じて、ロデリックは胸が熱くなった。

「わかった。僕もやる」

やらねばならぬ。ロデリックは決然と籐の椅子から下り、代わりにヒースに座るように命じた。苦笑いしながらも、ヒースは椅子に座ってくれる。彼の性器はなんと勃起していた。さっきまでは半ば萎えていたのに。

「あなたの大切なところを愛撫して、さらに可愛らしく悶えてもらえて、煽られたのです。なにも感じずにはいられません」

そういうものなのか、とロデリックは納得して、いざ挑んだ。ヒースの性器は大きくて太い。ロデリックは自分がされたことを真似して口に含もうとしたが入らなかった。

「舐めてください。そう、そうです、とても上手です」

助言に従い、ロデリックは性器に舌を這わせた。先端の丸みも、くびれも、幹も、熱心に舐めていく。たっぷりとした袋も揉んでみた。ヒースの反応をちらりと観察すると、陶然としている。髪が乱れ、額に前髪がかかっていた。男の色気が色濃く漂っている。この拙い愛撫に感じてくれているらしいとわかり、ロデリックは張り切った。

先端に吸いつきながら、太い幹を手で扱く。ぐんと反り返った剛直に上顎を擦られて、ロデリックは目眩に似た快感に襲われた。

そうだ、口腔は感じるところだ。くちづけでさんざんそれを教えられたではないか。こうして相手の性器を口で愛撫するだけで、こちらも気持ちよくなってしまうのだ。だからヒースもロデリックを愛撫しながら、みずからの性器を固くしていた。

「ああ、とてもいいです、殿下、上手です。はじめてとは思えません」

甘く掠れた声で褒められて、ロデリックは嬉しくてたまらない。夢中になって舐めたり吸ったりしていると、ヒースの全身がぐっと緊張した。

「殿下、出てしまいそうです。飲んでくれますか」

うん、とはっきり頷いた。ヒースに飲んでもらったのだから、自分も飲みたい。

「んんっ」

呻き声とともに、体液が発射された。どっと口腔に広がる。それの青臭さに戸惑いながら、ロデリックは嚥下《えんか》した。どくんどくんと大量に体液は迸ってくるから逡巡している暇はない。とにかく飲みこんだ。

たしかに美味しくない。けれど不思議な高揚感があった。愛する男の命の源を、一滴残らず飲むことができたのだから。

「どうです、不味《まず》かったでしょう」

「たしかに、美味しくなかった」

笑ったロデリックの顔を引き寄せたヒースは、唇にくちづけてきた。おたがいの体液の味がする深いくちづけをして、見つめあう。

「愛しています、ロデリック殿下」

「ヒース、僕も愛している」

浴室から寝室に戻り、二人はまた抱きあったが、はじめての夜に複数回の挿入行為はよくないと言われ、それ以降は体を繋げることはしなかった。

だからロデリックの太腿の間にヒースが性器を挟む擬似的な行為をしたり、また口腔で同時に愛しあう行為をしたりして、夜遅くまで触れあった。

そのあとは、ロデリックの寝台でいっしょに眠った。もう離れたくない。ここにいて、帰らないでとロデリックが懇願すると、ヒースは手を繋いで寝てくれた。

「愛しています。私のすべてをあなたに捧げます。それを忘れないでください」

眠くて、瞼が閉じる寸前に、ヒースがそう囁いた。

忘れるわけがない。僕の愛もあなたに捧げる——そう答えたような気がしたが、ロデリックは睡魔に負けて深い眠りに落ちていった。

◇

ヒースは一睡もせずに朝を迎えた。

すやすやと健康的な寝息を立てているロデリックを飽きずに見つめ続けていたら、いつしか夜が明けていたのだ。

一夜の夢に例えるには濃厚すぎる、素晴らしい時間だった。

ロデリックの献身的な姿勢は称賛に値したし、その無垢な体を最初に汚す名誉を与えられた喜びは、なにものにも変えがたかった。できれば二夜目も三夜目も望みたいが、おそらく無理だろう。

ヒースはロデリックを起こさないよう、そっと寝台から下りた。昨夜、脱ぎ捨てたシャツとズボンを身につける。

扉の向こう側が騒がしくなっていた。夜通し、扉の外には人の気配があったが、夜明けとともにそれが顕著になっている。寝室でなにがあったか、おそらく侍従たちは正確に把握しているだろう。いつこちらに声をかけるか、相談でもしているのかもしれない。

「さて」

ヒースは深呼吸してから、扉を開けた。五、六人はいただろう、侍従たちが一斉に振り向いてヒースに注目する。老侍従長もいた。全員が、あきらかに寝不足の顔をしている。

「おはようございます、オルムステッド卿」

老侍従長が一歩前に出てきて、恭しくヒースに頭を下げる。

「おはよう。みんな早いな」

「私どもは昨夜からずっとここで待機していましたので」

「そうか」

「殿下はどうなさっておいでですか」

「まだ眠っている」

「そちらに入ってもよろしいでしょうか」

「少し、待ってもらえるか」

ヒースはそう言いながらぐるりと見回し、水差しを持っている侍従からそれを受け取った。寝室に戻り、扉を閉める。隣室での会話が聞こえていたのだろう、寝台の上でロデリックが身動《みじろ》いだ。

「ん……もう朝？」

「朝ですよ、殿下」

声をかけると、ロデリックはハッとしたように目を開き、上体を起こした。一糸まとわぬ白い体には、ヒースが唇で愛した痕跡が無数に散っている。赤い薔薇の花弁をまとっているかのように可憐だった。

「ヒース！」

「はい、ヒースです」

びっくりした表情をしたロデリックだが、すぐにふんわりと柔らかな笑みを浮かべた。

「夢ではなかったんだな」

「夢ではありません」

ヒースは寝台横に置いてあったコップに水を注ぎ、ロデリックに渡した。受け取ったそれを飲み干したロデリックは、「おはよう」と少し照れくさそうに言った。とても愛らしくて、目に焼きつけておこうと思う。

「隣室で侍従たちが待っています。入室を許可しますか」

「ヒースは？」

「私は仕事がありますので、いったん屋敷に戻って身支度を整えてから執務室に出向きます」

「そう、仕事……」

しゅんと萎《しお》れたロデリックが愛しくて、ヒースはガウンを羽織らせながら素早くくちづけた。縋るような目を向けられ、微笑んでみせる。いつまでも二人きりの世界に浸りたい気持ちはわかるが、もう現実を直視してもらわなければならない。

「殿下、少し今後の話をしてもいいですか」

「なに？」

ヒースの空気が変わったと気づいたのか、ロデリックは真顔になった。

「侍従たちは昨夜、私たちになにがあったかわかっています。おそらく、女王陛下に報告されているでしょう」

「母上に……」

ロデリックの目に怯えが浮かんだ。別離の予感だ。

「僕たちは愛しあっただけだ。なにも悪いことはしていない。ヒース、そうだろう」

「はい、そうです。私たちは合意のもとに一夜を過ごしました。素晴らしい夜でした。一生、忘れません」

「ヒース……」

ロデリックの碧い瞳にみるみる涙が滲んでくる。ヒースの覚悟を悟ったのだろう。

そこで扉が叩かれた。待ちきれなくなったのか、老侍従長が「入ります」と宣言をして扉を開ける。ぞろぞろと数人の侍従が寝室に入ってきた。ヒースは侍従たちに押しのけられるようにして寝台から離れる。ロデリックは戸惑いながらも侍従たちに促されて寝台を下り、着替えさせられた。あきらかに愛されたとわかる裸体を目にしても、侍従たちはなにも言わない。淡々とロデリックに服を着せていく。

「オルムステッド卿、女王陛下がお呼びです」

老侍従長にそう言われ、ヒースはため息をついた。ロデリックがぎょっとしたように振り向く。

「待て、僕も行く。ヒース、僕もいっしょに行くから、ひとりで行くな」

ロデリックは髪をブラシで梳《と》かされ、背中でひとつに括られている。王子らしい服装になっていくにつれ、輝くばかりの光を放った。たっぷりと愛された証《あかし》か、あまり眠っていないはずなのに肌艶はよく、瞳にも生命力が溢れている。

「母上がもしヒースを責めたとしても、僕が望んだことだからと説明する。ヒースはなにも言わなくていい」

「そういうわけにはいきません。私の方がずいぶんと年上ですから、すべての責任は私にあります。

成人前の王族と情を交わして、ただで済むとは思っていません」

「僕が望んだんだ！」

ロデリックが声を荒げたことで、さすがに侍従たちも戸惑った顔をして手を止めた。

「なぜそんな覚悟を決めているんだ。最初からそのつもりだったのか」

「そうです」

即答したヒースに、ロデリックが瞠目する。

泣きそうに歪んだ顔を見ていられず、ヒースはロデリックに背を向けて寝室を出た。

「一度、屋敷に戻って着替えたいのだが、その時間はないかな」

もしかしたら、今日が宰相の制服を着用する最後の日になるかもしれない。ヒースの問いに、老侍従長は「ないでしょうね」と首を左右に振った。

「じつは夜が明けきらぬ前から、女王陛下からお呼びがかかっていました。私どもはお二方はいまだ就寝中ですからと何度か返事をしておりまして……」

「そうか。おまえたちにも悪いことをしたな」

いさぎよく、裁かれるとしよう。

「オルムステッド卿はここか！」

突然、廊下に通じる扉が勢いよく開かれた。怒鳴りこんできたのは、女王ベアトリスだった。

朝早い時間だというのに、すでに真紅のドレスを身にまとい、髪はきっちり結い上げてある。驚いたことに、片手には剣が握られていた。目を吊り上げてヒースを睨みつけてくる。

「これは女王陛下、おはようございます」

ヒースは宰相としての礼をし、片膝を床につける。その眼前に、剣先を突きつけられた。窓から差しこむ朝日が、白刃にぎらりと反射した。

「母上！」

寝室から飛び出してきたロデリックが、慌てて駆け寄ってくる。ヒースを庇《かば》うように立った。

「母上、おはようございます。いったいなんの騒ぎですか。その剣はどうしました。ヒースはこの国の宰相ですよ。危険ですから、その物騒なモノをしまってください」

「おまえは黙っていなさい」

じゃまだとばかりにベアトリスはロデリックを左手で退ける。そして一歩、ヒースとの距離を詰めた。

ヒースの喉元に剣を動かしてきた。よく磨かれた剣だ。ベアトリスは日々、剣技の鍛練を欠かしておらず、剣豪とまで呼ばれている。丸腰のヒースを葬ることなど簡単だろう。

「母上、やめてください。母上！」

悲痛な声を上げる息子を一顧だにせず、ベアトリスはヒースだけを燃えるような瞳で凝視している。

ロデリックと一夜をともにしたことが罪だと弾劾されるならば、ヒースは甘んじて受け入れるつもりだった。けれど、ロデリックの眼前でその母親に殺されるのは、あまりにも酷だろう。できれば場所を変えてほしい。

だがそんな要望を聞き入れてくれるほどの余裕はないようだ。ベアトリスの目は血走っていた。

「オルムステッド卿、この私が呼んでいるのになかなか現れないから、ここまで来てやったぞ。ありがたく思え」

「申し訳ありません」

ヒースは膝をついたまま頭を下げる。

「聞きたいことがある。おまえ、おのれの立場も考えず、女王である私の息子に手を出したというのは事実か」

「はい、その通りです」

女王の額に青筋が浮かんだ。唇がわなわなと震える。

「おまえは何歳になった」

「三十五歳です」

「職務は」

「宰相です」

「重責を担う、いい歳をした大人が、子供に手を出したというのだな」

「母上、僕はもう子供ではありません」

ロデリックが横から訴えたが、「おまえは黙っていなさい」と一喝された。

「私は事実を確認しているだけだ。あと数日で十八歳の誕生日を迎えるとはいえ、ロデリックはまだ成人前。それをわかってのことだな？」

「はい」

「この罪は重いぞ」

「承知しております」

ヒースは深く頭を垂れた。

「待って、待ってください、母上」

声を震わせて、ロデリックがヒースに寄り添うように床に膝をついた。

「僕が以前からヒースに恋をしていたことは、知っていましたよね？　ヒースはずっと適切な距離を保ってくれていました。けれど昨夜、僕はとうとう我慢できずに、ヒースに懇願したのです。いえ、王子としての立場を利用して命じました。伽の役目を果たせと。そうしなければ牢に入れると脅したのです」

とんでもないことを言い出したロデリックに、ヒースは唖然とした。

「殿下、なにを――」

「ヒースは僕の命令に従っただけです。僕は満足しました。ヒースは素晴らしい働きをしました。褒美をとらせたいくらいです。ですので、ヒースを責めるのはまちがいです。未成年の王族への伽が罪ならば、命じた僕も罪を負わなければなりません。どうしてもヒースを罰すると言うのなら、どうか、僕にも罰を与えてください」

ロデリックが堂々と庇ってくれたことに、ヒースは胸が熱くなった。

「なんという……おまえ……」

顔を歪め、ベアトリスは唇を噛んだ。その赤銅色の瞳に燃えていた怒りの炎はいきおいをなくし、傷ついたような悲しみに染まろうとしている。

そこに王配ディクソンとジェニファーが駆けこんできた。

「ベアトリス！」

「母上！」

床に膝をついているヒースとロデリック、剣を突きつけているベアトリスの姿に、二人とも愕然と立ち尽くす。張りつめた緊張感の中、最初に冷静さを取り戻したのはディクソンだった。ロデリックによく似た優しげな顔に苦笑を浮かべ、妻にそっと近づく。

「ベアトリス、とりあえず剣を下ろそうか」

「……斬り殺してやりたい……こんな男……」

「ああ、まあ、腹が立つのはわかるよ。私も怒っている。けれどオルムステッド卿はまがりなりにも我が国の宰相だから、簡単に殺してもらってはまずいな」

「代わりはいくらでもいるだろう」

ディクソンの腕を払いのけ、ベアトリスはヒースの首にあらためて剣を当てた。ロデリックが青ざめた顔でヒースにしがみついてくる。

「母上、お願いですから、ヒースを責めないでください。お怒りは僕がすべて受けます。ヒースは僕の気持ちに応えてくれただけで、なにも悪くありません」

「いえ、悪いのは私です。殿下が未成年だとわかっていて、拒みませんでした。どのような処分でも受け入れる所存です」

「ヒース、余計なことは言わなくていいっ」

黙れとばかりにロデリックがヒースの口をてのひらで塞ごうとしてくる。その必死さが、こんな場面だというのに可愛らしくて笑みが浮かんでしまう。これほど愛されて、自分は幸せ者だ。

「母上、ロデリックたちを許してあげてください」

ジェニファーが進み出てきて、ロデリックの隣に膝をついた。女王を見上げて、懇願する。

「ロデリックが十歳のときからヒースに恋していたことは、そばにいた私だけでなく母上も父上も気づいていたでしょう？　けれどロデリックは自分の立場をよく理解していたから、ヒースに無理な要求はしませんでした。昨日は危険な目にあい、二人とも冷静ではなかったのだと思います。いつもは抑えていた気持ちが暴走してしまい、こういうことになったのでしょう」

ね、とジェニファーが双子の兄に確かめる。ロデリックはうんうんと何度も頷き、「昨夜は冷静ではありませんでした」とジェニファーの助け船に乗っかる。

「さあ、その剣をこちらに」

ディクソンがベアトリスの手から剣をもぎ取った。肩で大きく息をついたベアトリスだが、ヒースを睨みつける眼力の鋭さはそのままだった。

「オルムステッド卿、誘拐された王子を率先して救出に向かったのは勇敢だったが、それは宰相の仕事ではない。非常時にだれよりも冷静に指示を出さなければならない立場にもかかわらず、おまえは任務を放棄して私情に走った。そんな宰相は、私には不要だ」

きっぱりと言い切ったベアトリスに、ヒースは黙って頭を下げた。

「ベアトリス、そのくらいにしてやってくれ。愛する息子を自分と同年代の男に奪われて頭に血が上るのはわかるが、落ち着いて。その息子が死にそうな顔になっているよ」

ディクソンが気の毒そうに息子を見遣る。ヒースに寄り添ったロデリックは真っ青になっていた。まさかヒースが罷免される可能性までは想像していなかったのだろう。せいぜい女王に叱《しか》られるくらいに考えていたにちがいない。

「オルムステッド卿、そなたには謹慎を言い渡す。期間は未定だ」

女王の言葉に、ロデリックがとっさに抗議しようとしたのを、ヒースが制止した。せっかく剣を手放してくれたのだ、もう刺激しない方がいい。

「いまから一刻のあいだは宰相の執務室へ行くことを許す。部下たちに引き継ぎしなければならないこともあるだろう。一刻後、ただちに帰れ。ぐずぐずしているところを見かけたら、その場で叩き斬るぞ」

「ありがとうございます」

サッとドレスの裾をひるがえし、女王は去っていった。全員が頭を下げて動かない。

「ロデリック、ジェニファー、立ちなさい。オルムステッド卿も」

第一声は、やはりディクソンだった。王配に促されて立ち上がる。ふらついたロデリックを、ヒースは支えた。

「女王陛下は本気でオルムステッド卿を責めているわけではないと思う。もちろん多少は腹立たしく思っているだろうけどね」

「申し訳ありません」

「いや、ロデリックがしつこく迫ったのだろうとわかっているから、もう謝罪はいい。女王陛下は、過激派に隙を見せてしまったこと、取り締まりきれなかったことを後悔しているのだと思う。ロデリックを危険な目にあわせてしまい、昨日は生きた心地がしなかったようだ。私もだが」

ディクソンはロデリックに微笑みかけた。

「無事でよかった」

「父上」

ヒースはそっとロデリックの背中を押して、ディクソンの前に出す。父と子は抱きしめあった。そこにジェニファーも加わり、三人で腕をまわしあってぎゅっとしがみつく。事件後、こうして家族が無事を確認したのはいまがはじめてだった。ヒースは自分がロデリックを独占していたことを、激しく後悔する。たぶん女王も無事に帰ってきた息子を抱きしめたかっただろう。

「とりあえず、ロデリックはしばらく療養しなさい。オルムステッド卿は一刻のあいだに用事を済ませて、まずは女王陛下の命じた通りにしてくれ。悪いようにはしないと約束する。だから極端な行動には走らないように。いいね？」

はい、とヒースは頷いた。

ディクソンとジェニファーが退室したあと、ヒースはロデリックとすこし話をした。侍従たちがテーブルにロデリックの朝食の用意をする。ついでのようにヒースにお茶を淹れてくれた。

「母上があれほど怒りを露わにしてヒースを責めるとは思ってもいなかった……。すまない」

「いいえ、あなたが謝ることはありません」

「ヒースには宰相でいてほしい。無期限の謹慎なんて……。きっと父上が母上を宥めてくださるから、待っていて」

向かいあってお茶を飲みながら、ヒースは時間を計っていた。一刻後にまだ王城に留まっていたら、本当に斬られそうだからだ。

「父上が味方についてくれたようで、よかった」

その点についてはヒースも感謝している。かなり強力な味方になるだろう。ディクソンもベアトリスに負けず劣らず息子を愛しているが、方向性が少しちがうということだ。

「でも、極端な行動とは、なんのことだろう」

「ああ、それは——私があなたを連れて逃げる可能性もお考えだったのでしょう」

ハッと息を飲んだロデリックだが、すぐに蕩けるような笑顔になった。頬を染めて、碧い瞳を潤ませる。

「僕を連れて、ヒースが逃げてくれるのか？　二人きりで、どこかへ？」

「殿下がお望みならば」

「嬉しい」

うっとりと遠くを眺めるロデリックは、やはりまだ子供で、世間知らずの王子だった。

だがもしそんなことになったら、ヒースは死ぬ気でロデリックを守るし、知恵を働かせて金を稼ぎ、深窓育ちの王子が何不自由なく過ごせるようにするだろう。

横から老侍従長がポットを差し出してきた。ロデリックにお茶のお代わりを淹れる。

「オルムステッド卿、あまりのんびりしている時間はないかと思いますが」

夢見がちな王子にこれ以上余計なことを言わないでくれと、迷惑がっているのがありありとわかった。ヒースはロデリックの手の甲にくちづけを落とす。

「では、私はこれで」

「ヒース」

寂しそうな顔をされ、年甲斐《がい》もなく胸が切なくなる。しばらく会えないのだ。つぎにこうして顔を見られるのはいつになるかと考えると悲しくなる。

「私はとうぶん王城へ足を踏み入れられなくなりますが、殿下は体調など崩されないよう、規則正しい生活を心がけてお健やかに――」

「僕が会いにいくよ」

にこっとロデリックが明るく微笑む。

「僕がヒースの屋敷に遊びにいけばいいのではないかな。そのうちきっと行くから、待っていて」

そばで聞いていた老侍従長が、にわかに頭痛を覚えたかのように、眉間に皺を寄せた。この思いつきが実現するかどうかはさておき、ヒースはロデリックの気持ちが嬉しかった。

「お待ちしています、殿下」

もう一度、手の甲に唇を押しつけ、ヒースはロデリックの部屋を出た。急いで執務室へ向かう。

「おはようございます、宰相閣下」

待ち構えていたバートラムは、かなり不機嫌そうだった。

「ずいぶんとくだけた服装ですね。そんな格好のあなたを見たのはひさしぶりですよ」

「すまない。着替えに戻る時間がなかった」

「聞いています。女王陛下の使いから、だいたいのことは」

はあっ、と大きなため息をつき、バートラムは眉間を指で揉む。

数名の文官が壁際に控えていた。彼らも聞いているらしく、伏目がちにしながらも、ちらちらとヒースの様子を窺っていた。十八歳も年下の王子に手を出して、母親である女王に斬られそうになった宰相だ。ダヴェルニエ王国の長い歴史の中でも、歴代一、二を争う醜聞《しゅうぶん》かもしれない。興味本位の視線が痛いほど注がれている。

だがすべて想定内だ。わかっていてロデリックを抱いた。

「昨日の様子から閣下の覚悟は察していましたが、まさかロデリック殿下と一夜をともにするとは……なんと申し上げていいいか……。馬鹿ですか」

「馬鹿で悪かったな」

ふん、と鼻で笑い、ヒースは執務机についた。未処理の箱に入れられた書類をざっと仕分け、バートラムに託した。

「これとこれは持ち帰る。今日の夕刻にでも屋敷に取りに来てくれ。明日以降、どうしても私の決済が必要なものは、屋敷に持ってきてくれ。あとは補佐に任せる」

「わかりました」

渋々といった感じでバートラムが受け取る。

「それと、私の後釜を何人か候補に挙げるから、補佐が面接をしてくれないか」

「なんですって？」

「ん？　おまえが宰相になってくれるのか？　補佐が性に合っていると言っていたではないか」

「いえ、そうではなく、辞任するおつもりですか」

バートラムだけでなく文官たちも動揺を見せている。ヒースは肩を竦めた。

「私は、できるなら続けたい。だが女王陛下がどう結論を出すかわからないから、もしものときのために候補を挙げておいた方がいいだろう」

「閣下はまだお若い。とうぶんのあいだはこのままの体制が続くと、だれもが思っておりました。後継者はまだぜんぜん育っておりません」

「ぜんぜんとは厳しい。とりあえず、私の目から見て、適応力がありそうな人物を何人か候補に出しておく」

そろそろ滞在期限の一刻がたつ。ヒースはいくつかの連絡事項を告げたあと、立ち上がった。

「バートラム・ノーラン宰相補佐、いままでありがとう。あなたには感謝している。素晴らしい補佐だった。宰相付き文官たちにも、礼を言う。君たちは非常に有能だった」

「閣下……！」

宰相としてやり残した仕事がいくつもある。けれど、ロデリックのために失うのなら惜しくはなかった。

「それでは、あとを頼む」

静かに告げたヒースに、バートラムはもうなにも言わなかった。

◇

ロデリックが外出を許されてイントッシュの見舞いに行けたのは、事件が起こった日の三日後だった。救護院まで近衛騎士に護衛されて移動し、病室に案内される。こぢんまりとした簡素な部屋に、イントッシュはいた。

入院患者用のガウンのようなものを着て、寝台に腰掛けている。両足に巻いた包帯が痛々しかったが、顔色はよくて表情は明るかった。

「ロデリック、わざわざ来てくれてありがとう」

「元気そうだね」

軽傷だったと聞いてはいたが心配していたので、元気そうなイントッシュに会えてホッとする。

「その格好の方が、よく似合っているよ」

友人の言葉に、ロデリックは照れ笑いを返した。今日は女装していない。ごく普通の男子用の服装だった。ベアトリスが双子の入れ替わりについて公表したのは昨日のこと。そこにいたる経緯も公にして、何年も国民を騙すようなかたちになっていたことを詫びた。

女王を非難する声は、やはりそれほど上がらなかった。女王一家がたびたび過激派に襲撃されていたことは周知されていたので、やむを得ないことだったと受け止められたようだ。

おかげで、ロデリックは本来の姿で外出することができるようになった。とはいえ、ジェニファーは苦しいコルセットをつけて、さらに動きにくいドレスなど着たくない、とごねている。ドレスを着るのは国の式典など重要な場面だけになりそうだ。

「ロデリック、君には酷いことをしてしまった。無事だったのは近衛と軍が迅速に動いたおかげだと聞いている。私と父のせいで……本当に申し訳ない」

イントッシュが寝台を下りて床に膝をつこうとしたので、ロデリックはそれを制した。

「なにを言っているんだ。イントッシュが危険を冒してまであの屋敷を抜け出し、証言してくれたから、僕の居場所が早い時点でわかったんだろう？　君は命の恩人だよ」

「そんなことはない。私が呼び出しの手紙を書かなければ、君は迎賓館に来ることはなかった。本当に、すまなかった」

イントッシュは寝台の上で深々と頭を下げる。

「父の身柄が拘束されたと聞いた……」

「ああ、それは僕も聞いた」

マンフレッドを含むラガルド王国一行は、国境で発見された。ヒースの指示で警戒していた国境警備兵によって取り押さえられ、一時は罪人のように拘束されたそうだ。しかし隣国の王太子という身分を考慮して、最寄りの軍施設に移され、丁重にもてなされているらしい。

「母上の話だと、おそらくラガルド王国から正式に抗議が来るだろうから、一切の罪を問われることなく解放されることになるだろう、って」

ちいさくイントッシュが頷く。

「父は王太子だから、そうなるだろうと思っていた。すべての罪は私が被る。どんな罰でも受けよう」

イントッシュは黒い瞳に真摯な光を宿し、ロデリックを見つめてきた。

マンフレッドがしたことは即戦争になりかねない重大な犯罪だったが、ダヴェルニエ王国はいまラガルド王国と諍《いさか》いを起こすつもりはない。結果的には、過激派の頭領であるアクランドを捕まえることができたし、ロデリックは無事に助け出されたからだ。

イントッシュは母国よりも友情を取った。国と父を裏切ったイントッシュに帰る場所はない。もしダヴェルニエ王国を追放されてラガルド王国へ戻ったとしたら、母国に不利益をもたらしたと糾弾されるだろう。命をもって贖《あがな》うことになるかもしれない。

ベアトリスはマンフレッドの罪を不問に付す代わりに、ラガルド王国にある提案をするつもりだ。それを女王の代理でロデリックが見舞いと称してイントッシュに会いにきて、本人に確認するのが今日の本当の目的だった。

「イントッシュ、この国に留学しないかと誘ったこと、覚えている？」

「それは、もちろん」

「いまでも、その気ある？」

「えっ」

「君はおそらく、人質としてこの国に留まることになる。でもそれは表向き。実質は留学だ。君が望む分野の勉強を、好きなだけしてもいいと母が許可してくれた」

イントッシュはぽかんと口を開けて呆然としたあと、じわりと黒い瞳を潤ませた。

「そんなこと……許されるの……？　私にとって都合がよすぎる……」

「いいんだよ。だって私の命の恩人なんだから」

「ありがとう……」

「その代わり、君はもうラガルド王国へ帰れないと思う」

「ロデリックを助けるために屋敷の二階から飛び降りたとき、故郷のことは吹っ切った。寂しいけれど、このダヴェルニエ王国を第二の祖国として馴染めるよう、努めるよ」

「困ったことがあったら、僕とジェニファーになんでも相談して」

「ありがとう」

　現時点でイントッシュに教えるつもりはないが、ベアトリスはいざとなったらラガルド王国と一戦交えることを辞さないと明言した。

「我が国はラガルド王国と現時点で戦争をする気はないが、いつでもできることは向こうに知らせておけ。ラガルド王国は歴戦の軍隊が自慢らしいが、我が国にもそれなりの軍はあるのだぞ。マンフレッドの悪行を不問にするのは、私の温情だといつ思い知らせてやってもいいのだ」

　母親が好戦的な目をして不敵に笑ったのを、ロデリックは思い出す。

　女王として冷静な判断をこころがけてはいるが、今回の件でベアトリスは非常に怒っている。

　新興国に舐められて内戦を企てられ、愛する息子を迎賓館で誘拐されたこと、さらに、その息子が宰相と結ばれてしまったことに。

「来週、私たちの誕生日の祝いがあるんだ」

「十八歳になるんだよね、おめでとう」

「ありがとう」

「私はこんな状態だし出席できる立場ではないから、ここからひっそりお祝いするよ」

「退院できるころには、きっとイントッシュの今後がいろいろと決まっていると思うから、落ち着いたらまた僕の部屋でお茶会をしよう」

「楽しみだ」

これからたったひとりで異国で生きていかなければならないこの友人を、ロデリックはできるだけ支えてあげたいと思っている。

「まずはケガを治さないと」

そう呟いたイントッシュに、ロデリックは複雑な顔をしてしまう。

「ロデリック？」

「……その、じつは、イントッシュの退院はそれほど早くなくてもいいかな、という事情が僕にはあって……」

きょとんとするイントッシュの前で、ロデリックはもじもじと両手を絡ませた。

「あの、じつはね」

ロデリックはイントッシュの耳元に口を近づけ、ぼそぼそと「事情」を話した。

「うそ、そんなことになっていたの？」

目を丸くしたイントッシュは、ロデリックはほんわりと頬を染めて頷いた。

近いうちにまた見舞いに来ることを約束してイントッシュの病室を出たあと、ロデリックは救護院の別棟へと移動した。医師たちの控え室がある場所だ。そのうちの一部屋に、ヒースが待っていた。

「ヒース！」

挨拶もせずに飛びついたロデリックを、ヒースが抱きしめてくれる。

「お元気そうですね」

一昨日《おととい》の朝に、王城で別れて以来だった。ヒースの謹慎はまだ解かれていない。

イントッシュの見舞いにかこつけてヒースと逢《あ》い引きしてはどうかという案は、ジェニファーが思いついてくれた。ヒースに会いにいくことを母が許してくれないのだから仕方がない。

さっきイントッシュにヒースとのことを打ち明けたら、ものすごく驚いていた。

「ヒースも元気そうだ。よかった」

「体調に変化はないですか」

「ないよ？　どうして？」

抱きしめたまま、ヒースがロデリックの耳に小声で言った。

「はじめての閨事《ねやごと》のあとでしたので、少々心配していました」

あの夜のことが一気に思い出されて、ロデリックは顔を赤くした。たしかに翌日は違和感が残って

いて、歩き方に気を遣わなければならなかった。けれど昨日にはもうそれはなくなり、通常の生活に戻っていた。

にわかにヒースの逞しい腕に抱きしめられていることが恥ずかしくなってきて、そそくさと離れる。

「殿下？」

「……なんでもない」

離れるとくっつきたくなってしまう。ロデリックはすぐにヒースの腕の中に戻った。

「こんなふうに隠れて会うのもドキドキするけれど、僕はやっぱり毎日でもあなたに会いたいな」

「私もです」

ヒースが微笑んで、そっとくちづけてくれる。甘く食むようにされて、ロデリックはうっとりと目を閉じた。もっとしてほしい、もっと。

でもここではあの夜のようなことはできない。早く会えるようになりたい。ベアトリスはいつ許してくれるのだろうか。

「殿下、愛しています」

「僕も愛している」

これまでも、これからも。

二人は時間のかぎり抱きしめあい、唇を重ねる。

ロデリックはヒースの首にしがみつき、みずから舌を絡めていった。

番外編

ずっと眺めていたい寝顔が、腕の中にある。

安心しきって、すべてをヒースに委ねて無防備に眠っているロデリック。このまま眠らせてあげたいところだが、そろそろ日が暮れる。

「殿下、起きてください」

優しく肩を揺すると、ロデリックは瞼《まぶた》を開けた。晴れた空よりも青い、美しい瞳が現れる。今日もヒースの愛撫《あいぶ》に悶《もだ》え、快感に潤んでいた瞳だ。ヒースは目尻から落ちていく涙を、何度も舌ですくうようにして舐《な》めた。

「ヒース……」

「もうすぐ日が暮れます。王城にお戻りにならないと」

「……帰りたくない……」

眉をひそめて、ロデリックがむずがるようにこぼす。ヒースは苦笑いして、寝具に埋もれるようにして横たわるロデリックを抱きしめた。寝具の中の体は一糸まとわぬ裸だ。ヒースとて、もう一度挑みたい気持ちはやまやまだが、理性がそれはいけないと制してくる。

「私も帰したくありません。できるならこのまま夜を過ごしたい。でも、まだそれはできません」

「……そうだね。わかっている」

ひとつ息をつき、ロデリックは上体を起こした。現れた上半身には、ヒースのくちづけの痕《あと》がいくつも残っている。鮮やかなものはついさっきつけたからで、色が薄いのは数日前のもの。

ロデリックは救護院に入院しているイントッシュを見舞うのを口実に王城を出ては、ヒースが住む宰相の家を訪ねてきていた。そこで二刻ほど、二人きりの時間を過ごす。今日で十回目を数えるだろうか。

あの夜から一カ月がたっていた。ヒースの謹慎は解けておらず、かといって宰相職を罷免されてはいない。次の宰相を任命することができていないため、補佐のバートラムがせっせとヒースの屋敷まで通って、重要書類を届けてくれていた。

「湯浴みをしますか？　浴室の用意ができています」

「ありがとう」

ヒースがロデリックの剝《む》き出しの肩にガウンを羽織らせた。ヒースの寝室には浴室が隣接していないので、一度、廊下に出て少し歩いていかなければならない。

「歩けますか？」

「大丈夫」

ヒースとの性交に、ロデリックの体はずいぶんと慣れてきた。それにくわえて、昼間に慌ただしく会うだけだと体を繋《つな》げるのはせいぜい一回ていどで、それほど疲労しないようだ。

浴室の浴槽には湯が満たされていた。王城の浴室に比べたら狭くて設備は貧相だが、ロデリックは文句を言ったことはない。石造りの浴槽にロデリックを促し、ヒースはガウン姿のままで介助にまわる。

いい香りのする石けんと海綿が置かれていた。以前はこんな気の利いたものなどここにはなかった。執事が使用人に命じて準備してくれたのだろう。主人が王子と親密な関係になったと知り、当初、執事はずいぶんと驚いていたが、ロデリックが訪ねてくる日はさまざまなものを過不足なく整えてくれるようになった。

浮いた話が一切なく、秘かに歳《とし》の離れた王子のことだけを想《おも》っていたヒースに、やっと春が来たのだ。内心では喜んでいるらしい。けれどこれが原因で謹慎処分を受けたわけだが。

ヒースはロデリックの体を丁寧に海綿で洗い、体内に出したものの後始末も手伝った。いつものことなので、ロデリックはもう恥ずかしがらなくなった。とはいえなにも感じないわけではないらしく、ほんのり頬《ほお》を染めて顔を俯《うつむ》けている。

「ヒースもいっしょに入ればいいのに」

ガウンをびしょ濡れにしているヒースの姿を見て、ロデリックが不満そうにした。

「私もそうしたい気持ちはあるのですが、この屋敷の浴槽はそれほど大きくないので、二人いっしょは無理ですね」

「僕の部屋の浴槽なら広いから、ヒースも入れるよ」

「そうですね」

一度だけロデリックの部屋の奥にある浴室に入った。はじめての夜のことだ。浴槽は大人が三人入っても余裕があるほどで、そこになみなみと湯が張ってあった。あそこをまた使える日が来るのかどうか。

「さあ、そろそろ出ましょうか」

ロデリックを浴槽から出し、ヒースは濡れた体を布で拭いた。服を着せてから、自分も濡れたガウンを脱いで、あたらしいシャツを身にまとう。

ロデリックの身支度を整え、玄関まで送った。ロデリックが乗ってきた馬車がすでに車寄せにまわされている。西の空はすでに夕焼け色に染まっていて、晩秋の風が冷たく吹いていた。コートを着せかけて、急いで馬車に乗るようにと手を引く。湯上がりに寒風は体に悪い。

「ヒース、また来るからね」

「お待ちしています」

馬車の扉を閉める直前、ロデリックがヒースにしがみつくようにしてくちづけてきた。

「父上にまた話してみるから。きっと母上を説得してくれる」

「ご無理をなさらないように」

ヒースが微笑《ほほえ》むと、ロデリックが一瞬だけ泣きそうな顔になった。けれどすぐに笑顔を作って、「またね」と手を振る。ヒースに心配をかけないよう、子供のように無邪気な王子を演じているとわかるだけに、こちらも切なくなってたまらない。

走り去っていく馬車を見送り、ヒースはひとつ息をついた。

「旦那様、これからどうなさるおつもりですか。ロデリック殿下がおかわいそうです」

たまりかねたように執事が口を出してきた。一カ月の間、黙ってくれていたが限界が来たのかもしれない。

「どうしたものかな……」

「旦那様が、殿下をお連れになっての逃避行を決意なさるのならば、できるだけの準備をお手伝いいたしますが」

わりと本気で提案している執事に、ヒースは呆《あき》れた目を向けた。それだけはしてくれるなと、王配ディクソンに釘《くぎ》を刺されている「駆け落ち」を、執事が勧めてどうする。

「幸いなことに、旦那様の財産はまだ没収されておりません。無駄遣いなさらなかったため、宰相在任期間の五年で、ずいぶんと貯《た》まっております。頑丈で目立たない馬車を用立て、そこに財産と長旅に備えた日用品を積みこみ、使用人の中から忠誠心の篤《あつ》いものを選出して従者として――」

「待て待て、先走るな。私はまだ諦めていない。一カ月も私の処遇について音沙汰がないということは、女王陛下も迷っておられるのだ。私としても、在任期間の五年、誠実に職務を全うしてきたという自負がある。その仕事が評価されて、女王陛下の迷いに表れているとしたら嬉《うれ》しいかぎりだ。許されて復帰できれば、その方がありがたい。まだやり残したことがいくつもあるからな。だからもうしばらくはおとなしく待っていようと思っている」

「そうですか」

なぜか執事は残念そうな顔をした。

◇

恋人とのつかの間の逢瀬《おうせ》から王城に戻り、ロデリックは寂しさに悄然《しょうぜん》とした。

ヒースのあの逞《たくま》しい腕に抱かれて、とても幸せだった。だからこそ、切なさが募る。もっともっと、いっしょにいたい。いつも顔を見ていたい。できるなら、毎晩、ひとつの寝台で眠りたい。

ヒースのために自分ができることなどないかもしれないが、いっしょに暮らしたいとまで思う。

あの実用一辺倒の殺風景な宰相の屋敷が、とても恋しくなってくるから不思議だ。ヒースそのものといったあの屋敷と忠実な執事を、ロデリックは好きになっていた。

「イントッシュが退院か……どうしよう」

今日の見舞いで聞いた話が、ロデリックを悩ませる。イントッシュのケガは順調に回復していて、もうすぐ退院できるらしい。その後、どこで暮らすか、どのような立場になるかがまだ明確になっていないため、見舞いを口実に外出していたロデリックは戸惑っている。

これからどうやって王城を出てヒースに会いにいけばいいのだろうか——と。

自分の部屋でぼんやりしていたら、侍従が入ってきた。もう夕食の時間だろうかと振り向いたら、用件はちがっていた。

「殿下、女王陛下がお呼びです。お食事の前に、お話があるそうです」

ぎくっとしてしまうのは、さっきまでヒースと隠れて会っていたからだ。呼び出しを無視するわけにはいかないので、ロデリックはなんでもない顔を作って部屋を出た。

ベアトリスは執務を終え、自室で寛《くつろ》いでいた。そこには父のディクソンもいる。二人並んで椅子に座っていて、ロデリックを迎え入れてくれた。

「ロデリック、話というのはヒースのことだ」

ベアトリスは眉間に皺《しわ》を寄せながら、そう切り出した。ロデリックは「はい」と身構える。

「謹慎を言い渡してから、もう一カ月になる。あの男は元気か」

「はい、元気です」

答えてしまってから「あっ」と手で口を押さえた。会っていることは内緒なのに。

「あの、手紙のやり取りをしているので、様子はだいたいわかっています」

慌ててつけ加えたが、ベアトリスは胡乱《うろん》な目で見てくる。ロデリックは視線を逸《そ》らした。嘘《うそ》をつくのは苦手だ。

「あいつとこそこそ会っているのは知っている。今日も会ってきたのだろう」

えっ、と驚きを露《あら》わにしてしまい、ロデリックは慌てる。つい父に助けを求めるような目を向けてしまった。ディクソンは苦笑いして、「正直に話しなさい」と仕方なさそうに助言してくる。

「ロデリック、ベアトリスは女王だよ。そしておまえの母だ。息子について知らないことはない。おまえが三日にあげずイントッシュ殿下の見舞いへ行き、その帰りに宰相の屋敷へ立ち寄っていることくらいもう知っている」

母の顔色を窺《うかが》うようにして上目遣いになったロデリックに、ベアトリスは大きなため息をついた。

「あの男は、この一カ月、のんびりと暮らしているようだな。宰相補佐のバートラム・ノーランがせっせと通い、少しだが宰相の仕事もさせているようだが」

「……そのようです……」

母はすべてをお見通しのようだ。もう下手に隠し立てする意味はない。ロデリックは観念して頷《うなず》いた。

「イントッシュの見舞いの帰りに、隠れてヒースと会っていたことは謝ります。すみませんでした。でも、そうでもしないとヒースに会えませんでした」

「イントッシュ殿下のケガは順調によくなっていると報告を受けている。もうすぐ退院できるそうだな。見舞いという口実がなくなったら、どうするつもりだったのだ」

「それは。そのときになったら考えようと思っていました……」

しゅんと肩を落とすロデリックに、ベアトリスは片方の眉を吊《つ》り上げて「計画性がないな」と断じる。ディクソンも同意見なのか、苦笑いしているだけで黙っていた。

「王子ともあろう者が、こそこそと逢《あ》い引きのようなことをして、みっともない。なんとしてでも私を説得しようとは考えなかったのか」

「すみません……」

「まあまあ、ベアトリス、落ち着いて。君は取り付くしまもないほどに激高していたじゃないか。ロデリックがまず説得しよう、とならなかったのは仕方がないと思うよ」

「あなたは私のせいだと言いたいのか」

「そんなことは言っていない」

父の凄《すご》いところは、母がどれだけ噛《か》みついても鷹揚《おうよう》に受け止めてしまうところだ。

「母上、宰相の屋敷に僕が出入りしていたのは、軽率だったかもしれません。その点も謝罪します。あの事件後、僕の外出が制限されていたので、イントッシュの見舞いを口実にしてしまいました。母上をなんとしてでも説得して、堂々と会いにいけばよかったです。でも、どうしてもヒースに会いたかったのです。申し訳ありません」

ロデリックはまた頭を下げて、反省の意を表した。

「けれど、宰相の屋敷に行ってみて、ヒースの堅実な暮らしぶりを見ることができました。その点については、とてもよかったです」

こうなったらヒースを推そうと、ロデリックは熱弁を振るうことにした。

「宰相補佐がヒースのところへ重要書類を運んでいたのは事実のようです。詳しいことは、もちろん聞いていません。ただ、ヒース自身、やり残したことがあるので、まだ続けたいというようなことはこぼしていました。母上、ヒースの謹慎を解いてください。彼はこの国にとって、大変重要な人物です。宰相としての手腕は周辺国にも知れ渡っていたはずです。母上の在位十周年式典が無事に終わったのも、ヒースの働きによるところがおおきいと思います」

母は不満そうな表情ながらも、きちんと息子の話を聞いてくれている。

「たしかに、僕が誘拐されたとき、ヒースは宰相にあるまじき行いをしました。ですが僕の安否を気遣ってのことです。現場では素晴らしい剣の腕で過激派を倒し、僕を助けてくれました。返り血を浴びながらも勇猛果敢に戦っていたヒースの姿は、それはもう物語に登場する勇者のようで、蠟燭《ろうそく》の明かりだけの薄闇の中に、ひとりだけ輝いていました」

あのときのことを思い出すと、ロデリックは陶然とせずにはいられない。ものすごく格好よかったのだ。もうダメだと絶望していたから、なおさらに。

「ロデリック」

「はい」

ベアトリスが真剣な目で見つめてきた。

「おまえは、本当にあの男を好いているのか」

背筋を正し、ロデリックは「はい」とはっきり頷いた。

「ヒースを愛しています」

「あの男しかだめなのか」

「ヒースだけがいいのです。他にはだれもいりません」

「そうか……」

ベアトリスは苦いものを口にしたように唇を曲げながら、重いため息をつく。片手で目元を覆い、俯いてしまった。そんなに母を苦悩させてしまうほど、自分の恋はいけないことなのだろうか、とロデリックは悲しくなった。けれど、この恋を諦めるという選択はない。

「母上、申し訳ありません。僕は母上が望むように、女性との結婚はできません。十歳のときからヒースのことだけが好きで、他のだれかと手を携えて生きていく将来など考えられなくなってしまいました。もし、ヒースと二度と会えなくなっても、僕の心から彼が消えることはないでしょう。彼と共有した時間を大切に胸にしまって、残りの人生を生きていくだけです」

無理やり別れさせられても、ロデリックはどこぞの令嬢と結婚する気はまったくない、と宣言したも同然だ。母に激怒されてもそこは曲げないと、ロデリックは決めていた。

ベアトリスはロデリックではなくディクソンを睨《にら》みつけた。

「この子は、なぜこうも頑固なのだ」

ふっと父が笑う。

「君にそっくりだと思うけど？」

「私はここまで頑《かたく》なではない」

「いや、結婚するとき、数多《あまた》いる候補者から私を選んだのは君だ。王家にとってもっと重要な貴族の子弟から選ぶこともできたのに、君は私でなければ結婚しないと言い張ったそうじゃないか」

「子供の前でそんな話をするな」

ベアトリスがほんのりと頬を赤くする。はじめて聞いた話に、ロデリックは目を丸くした。

たしかに父の実家は、それほど家格が高くない。当時、王太子だったベアトリスの伴侶候補として名前が挙がるほどの上級貴族ではあったが、もっと王族と親しく、近い位置にいる貴族はたくさんいただろう。

「私は、ただ、将来の王配という地位だけを欲して私個人をまったく見ていない、欲望丸出しの浅はかな男はいやだっただけだ。あなたは、最初から私に選ばれないと思いこんで、気楽そうな顔をしていたから、そこが気に入って」

ベアトリスの主張を、ディクソンが微笑みながら聞いている。

「君に選ばれて、私は幸せだよ」

「……そうか。それならばいい」

ディクソンがそっとベアトリスの手を握る。その手をちらりと見たベアトリスは、機嫌をよくして口元を緩めた。

「つまり、ロデリックは私に似ているということだな」

「そう。もう諦めよう。仕方がないよ。この子はもう選んでしまった。オルムステッド卿は魅力的な人だ。こうなったからには、きっと国のために粉骨砕身で働いてくれる。ロデリックが生きていく国だから」

ディクソンの言葉に、ベアトリスは渋々ながら頷いた。

「仕方がない。明日にでも、オルムステッド卿の謹慎を解こう」

「ありがとうございます、母上！」

ぴょんと飛び上がり、ロデリックはベアトリスに飛びついた。頬に感謝のくちづけをして、父にも同様のくちづけをする。

「ありがとうございます、父上」

「私はなにもしていない。ロデリックの純真な想いが、ベアトリスの心を動かしたのだと思うよ」

「ロデリック、おまえたちの今後については、まだどうするか決めていない。私に感謝を告げるのは早いかもしれないぞ」

「いいえ、ヒースが復帰できるだけでも嬉しいです。あの人はやはり宰相でなければ」

宰相の制服を着たときのヒースが、ロデリックはとても好きなのだ。威厳と貫禄《かんろく》は、さすが大国の宰相と讃《たた》えられるだけの迫力があるし、いまではその禁欲的な衣の下には鍛えられた肉体が隠されていると知っている。

またあの姿が王城で見られると思うだけで、ロデリックはわくわくした。

「まあ、たしかにオルムステッド卿は宰相として有能だが」

不本意そうにベアトリスが呟《つぶや》くのを、ディクソンが「まあまあ」と宥《なだ》めている。そのとき、部屋の扉が勢いよく開いた。

「ロデリック！」

飛びこんできたのはジェニファーだ。あいかわらずシャツとズボンという格好をしている。

「大丈夫？　なにがあったの？」

「ジェニファー？」

「あなたが母上に呼び出されたと聞いて、ヒースと隠れて会っていたことで叱責《しっせき》されているのかと心配になって――」

「待て、ジェニファー、おまえはロデリックがヒースと会っていたのを知っていたのか？」

母の追及に、ジェニファーは「はい」と背筋を正して答える。

「そもそも、イントッシュの見舞いの帰りに会ってはどうかと提案したのは、私です」

悪びれることなく白状した娘に、ベアトリスとディクソンは苦々しい顔になった。

「だって母上、ロデリックったら、ヒースに会いたい会いたいっていってうるさかったのです。私はまだ恋をしたことがないので、それほどまでに会いたい気持ちというのはわかりませんでしたけど、ロデリックがかわいそうになって……。それで救護院にいるイントッシュのことを思い出しました。イントッシュにも事情は話してあるのではなかった？」

ジェニファーに尋ねられ、ロデリックは頷く。

「なんだと？　イントッシュ殿下はすべて知っているというのか。おまえがオルムステッド卿と、その、特殊な関係であるということをか？」

「そうです、母上」

ロデリックはにっこりと微笑んだ。

「今後、頻繁に見舞いに行くことになるだろうから、最初に話しておこうと思って、イントッシュにはヒースと恋人になったと打ち明けました。彼はとても驚いていましたが、僕の役に立てるのならいくらでも口実に使ってくれていいと言ってくれて」

「………」

ベアトリスが呆れたように指でこめかみあたりを叩《たた》いている。ディクソンも難しい表情になっていた。にわかに不安になってくる。それほどイントッシュが知っていたのはまずいことだったろうか。

ロデリックは単に、友人に恋の話をしただけのつもりだった。

「母上、イントッシュは口が固い人間です。この一カ月、だれにも漏らしていません」

「それについて憂いているわけではない」

「母上、ヒースの謹慎はもう解かれるのですよね？　前言を撤回したりはしませんよね？」

「しない」

「ありがとうございます」

ロデリックはジェニファーを振り返り、「ヒースの謹慎が解けることになったんだ」と知らせた。

「えっ、本当？　よかった！」

わーい、とばかりに二人は手を取りあって飛び跳ねた。

双子の無邪気な様子を、両親がそれぞれ複雑な気持ちで眺めていることなど、本人たちはまったく気にしていなかった。

◇

女王から呼び出しの連絡があり、ヒースはひさしぶりに王城へ上がった。

事前にロデリックから謹慎解除の報を受けていたので、宰相の制服に身を包み、一カ月前のように宰相として王城へ行く。

自分の執務室へは寄らず、女王の執務室へまっすぐ向かった。部屋にはベアトリスだけがいた。ディクソンとロデリックもいない。人払いをしたらしく、文官もいない。

「女王陛下、おひさしぶりでございます」

恭しく頭《こうべ》を垂れたヒースに、ベアトリスはふんと鼻を鳴らす。

「私の前でよくも平然としていられるものだ。この、いい歳をして下半身に節操のない馬鹿《ばか》男が」

毒を吐かれたが、ヒースには痛くも痒《かゆ》くもない。宰相職に復帰できるということは、いままでの働きが評価されたということだ。そして、ロデリックとの仲が認められたと受け止めている。

「おまえ、この国に命を捧げると誓えるか」

「誓います」

即答できる。そんなこと、いまさらだからだ。

「宰相職に就く前から、私は全身全霊をかけてこのダヴェルニエ王国と女王陛下をお守りすると誓っております。そのために身を粉《こ》にして働いて参りました」

「そうだな、おまえは真面目に働いてきた。それについては評価している。だがロデリックの件だけは許せん」

「申し訳ありません。ですが私は殿下が求めてくださるかぎり、おそばにいたいと思っています。殿下がこの地で平穏に暮らせるよう、さらに国政に励んでいこうと決意しております」

はあ、とベアトリスがため息をつく。

「ロデリックは、おまえでなければならないと言っている」

「ありがたいことです」

「おまえが真剣にロデリックを想っているらしいと、私とてわかっている。だがな、どうしておまえなのだと、思ってしまうのだ。小さくて可愛《かわい》らしい令嬢がやまほどいるというのに、よりによって私よりもデカい、私と同年代の男とは……！」

椅子の肘掛けを折らんばかりの力でベアトリスがぎゅうっと握っている。ミシミシと不穏な音が聞こえた。剣を振り回さないだけ、今日はまだ理性が保たれているとわかる。

「仕方がない。私ははなはだ不本意だが、息子がどうしてもおまえでなければならないと主張するので、仕方なく認める」

「ありがとうございます」

「仕方なく認めるのだ。大賛成して認めるわけではない。そこのところ、誤解するな」

「誤解などしません。殿下のためにも、女王陛下が認めてくださってありがたく思います」

好きな男との交際を親に反対されることほど、子にとって辛《つら》いことはないだろう。ロデリックは隠れて宰相の屋敷に来ては、ヒースに背を向けたひょうしにため息をついていた。こそこそと会っているのが、彼の心に負担をかけていた。

それがなくなっただけでも、ヒースは安堵《あんど》している。こうして自分が女王に非難されることくらい、なんでもない。

「今後のことだが」

気を取り直したように、ベアトリスはキリッと顔を上げた。

「ロデリックが宰相の屋敷に出入りするのは格好がつかない。おまえから言って、早々に止《や》めさせろ。会うときはロデリックの部屋に限定する。王子付きの侍従たちは口が固い。なにがあっても他言しないだろう」

「私が殿下の部屋に出入りしてもよろしいのですか」

「他にやり方はないだろう。仕方がない」

ベアトリスは何度目になるかわからないほど「仕方がない」と繰り返す。

「まず二年だ」

「なにがですか？」

「まず二年、おまえたちが続いたら、つぎの段階を考える」

ベアトリスは指を二本立てて、そう言った。

「ロデリックはまだ若い。たぶんおまえが初恋だ。いまは、それが成就して有頂天になっているだけかもしれない。二年ほどしたら熱が冷める可能性がある。その時点でまだ二十歳。それから結婚相手を決めても遅くない」

まったくその通りなので、ヒースは無言で受け入れた。

自分は心変わりをする予感は微塵《みじん》もないが、たしかにロデリックはわからない。なにせ、まだ十八歳なのだ。恋に恋する年頃と言ってしまうと本人は反発するだろう。けれど、ベアトリスもヒースも、その可能性は頭の隅にあるのだ。

「二年たってもロデリック殿下の熱が冷めなかった場合は、どうなさいますか？」

「さらに三年は様子を見たい」

つまり五年だ。ロデリックは二十三歳、ヒースは四十歳になる。

「わかりました。合計五年ですね。五年後に、まだ私と殿下が相愛の関係を保っていたとき、私からお願いがあります」

「なんだ」

「二人でどこかに居を構えることをお許しください」

「なんだと？」

思わず、といったふうにベアトリスが腰を浮かした。眼光鋭く睨みつけられても、ヒースは怯《ひる》まない。これしきの威嚇で気圧《けお》されていては宰相など務まらないし、ロデリックのすべてを引き受ける覚悟などできない。

「私も五年続けば本物だと思います。ですから五年後、どうか二人で暮らすことをお許しください」

「おまえ、図々しいにもほどがあるぞ！」

怒鳴られたが、ヒースは澄ました顔で女王を見つめ返した。しばし二人は無言で凝視しあう。

やがて女王が苦々しげに視線を逸らす。可愛い息子のために折れてくれるのだ。

「すべては五年後だ。いまはまだ、ときどきあの子の部屋を訪れるのを許すとしか言えない」

「じゅうぶんです。ありがとうございます」

「まあ、まずは宰相職に復帰しろ。さぞかし仕事がたまっていることだろう。とうぶんはロデリックに会う暇などないかもしれないぞ」

ふふん、とベアトリスが意地悪く笑う。

「とにかく、二人の仲は公にするつもりはない。隠し通せ」

「わかりました」

ヒースは従順に頭を下げたが、女王が望むようにいつまで隠し通せるか――懐疑的だった。

理由はいくつかある。いくら口の固い侍従が揃《そろ》っているとしても、どこからも漏れないとは限らない。ヒースがロデリックの部屋に泊まったことをバートラムは知っていた。侍従のだれかから聞いたのだ。バートラムのそばにいた文官も耳に入れていただろう。この一カ月で話が広がらなかったのは、みんながヒースの立場を慮《おもんぱか》って口を噤《つぐ》んでいたからにちがいない。

ヒースがなにごともなく復帰すれば、女王が許したとわかる。もちろんヒースは宰相付きの文官たちに口止めをするつもりだが、はたして彼らが黙っていてくれるだろうか。

さらに、かつて洗濯係や厨房《ちゅうぼう》の下働きから、主人の部屋にだれかが宿泊しているらしいと噂《うわさ》が立ち、浮気が露見したという話を聞いたことがある。侍従たちが秘密を守ってくれても、気づかないところから噂が広がることもあるのだ。

さらにもうひとつ、これが最も大きな理由だが、ロデリックが嘘をつけない性格だということだ。両親公認の仲となった喜びを、はたしてあの王子が隠せるだろうか。黙っていても滲《にじ》み出てくるものがありそうだ。

専属の侍従たちの前でなら、いくらでも感情を露わにしてくれてもいいが、成人した王子と王女はこれからどんどん公務が増えていく。人前に出る機会が増加するのだ。結婚の予定を雑談まじりに聞き出そうとする輩《やから》もいるだろう。そのとき、ロデリックがどこまで黙っていられるか、うまくかわせるのか、疑問だ。

ジェニファーの身代わり役を八年近くも極秘のうちに務めていられたのは、妹のため、ヒースのためという使命感に燃えていたからだ。今回のように、私的な秘密という、いささか緊迫感に欠けるものについて、あの王子が秘密を守っていられるだろうか。

ベアトリスは息子を愛しているが、その性格についてはいささか分析できていないような気がした。

ヒースとしては、いつのまにか二人の仲が周知の事実になればいいと思っている。

五年は長い。それまでのんびりと女王の気が変わるのを待つ気はなかった。どんどん外堀を埋めていき、二人が紛れもなく相愛の恋人だという実績をひとつひとつ積み上げていきたい。

なによりも、ロデリックを溺愛して、甘やかして、ヒース以外には目もくれないようにしたかった。そうしなければならない。

ヒースとて、自信はないのだ。若いロデリックをどこまで繋ぎとめられるかどうか、今後の対応しだいだと思っている。以前は、ロデリックの気持ちが離れたらそこまで、自分は甘んじてその事実を受け入れると殊勝なことを考えていた。

けれど、いったんロデリックを手中にしてしまったら、そんな甘い考えは吹き飛んだ。

だれにも渡したくない。ロデリックは自分のものだ。こんなに可愛らしくて、美しくて、健気《けなげ》で、純粋な心を持った王子はいない。どこぞのだれかにくれてやる未来など想像もしたくない。

一生、自分がロデリックを可愛がってやりたい。何不自由なく暮らせるようにして、溢《あふ》れるほどの愛情を注ぎたい。いつも笑っていてもらいたい。あの少し甘い声で「ヒース」と名前を呼んでもらいたい――。

宰相の職務と同等か、それ以上の情熱でもって、ロデリックを完全に手に入れる。

そう決めていた、ヒースだった。

女王の執務室を辞したあと、ヒースは宰相の執務室へ足を向けた。

「お待ちしていました、オルムステッド閣下」

両手を広げ、満面の笑みでバートラムが迎え入れてくれる。文官たちも拍手でヒースの復帰を歓迎してくれた。

「この一カ月、苦労をかけた。心配をさせてすまなかったな。今日から復職することとなった」

「女王のお許しが出たのですね。よかったです」

安堵したようにバートラムが言うのに、室内にいた文官たちが笑顔で頷いている。みんな事情を知っているようだ。これはもう完全に秘密は守られないと見ていい。だが、ひとことくらいは釘を刺しておかなければヒースの立場がない。

「私が謹慎にいたった事案に対して、女王陛下は黙認という態度を示された。今後、私は個人的にロデリック殿下と親しくさせていただくこととなるが、この件については内密に頼む。陛下は、二人の関係を公にするつもりはないと明言された」

ざわり、と文官たちが戸惑う。バートラムは渋面になった。

「それでは、閣下はあまりにも不憫《ふびん》な——」

「いいのだ。私は殿下にすべてを捧げると誓った。おそばに侍《はべ》る許しが出ただけでも、幸運だと思っている。女王陛下の寛大なお心に感謝している」

「閣下……」

バートラムは上司の純粋さに感動したのか、目を潤ませている。ヒースはごく自然に見えるように微笑んでみせた。補佐が単純な男でよかったと思いながら。もちろんバートラムを軽んじているわけではない。ヒースはこの補佐の裏表がない、謀《はかりごと》などできない真面目さが気に入っている。

「さあ、仕事をはじめよう」

パン、と手を叩く。ハッとしたように文官たちが動き出し、宰相としての一日がはじまった。バートラムも気を取り直したように書類を手にヒースの前に立った。

「では、閣下、よろしくお願いします」

「よろしく」

差し出された書類を受け取り、ヒースは執務をはじめた。

◇

ロデリックはドキドキしながら寝室で待っていた。

湯浴みを済ませ、ガウン一枚を身につけているだけだ。秋が過ぎ、季節は初冬と呼ばれる時期になっている。暖炉では薪《まき》が燃やされ、赤々とした炎が上がっていた。おかげでガウンだけでもさほど寒くない。

寝台の横に置かれたチェストの上には、水差しと練り絹、陶器製の小瓶が何本か並んでいた。燭台《しょくだい》の明かりにぼんやりと浮かび上がるそれをちらりと見ては、ロデリックはもじもじと両手の指を絡める。

あからさますぎるだろうか。やはり小瓶はチェストの引き出しにしまっておいた方がよかっただろうか。男同士の性交につきものの潤滑油を、使いやすいようにと見える場所に並べておくのはどうかと思う。用意してくれたのは専属の侍従だ。

「ヒース……」

今夜、女王に許されてからはじめて、ヒースがロデリックの部屋に渡ってくる。はじめての夜以来の、宿泊をともなう逢瀬だ。楽しみでたまらない。

ヒースとの閨事《ねやごと》はロデリックにとって至福の一時だが、明日の朝までいっしょにいられると思うだけで、もう胸が期待感で張り裂けそうだ。あの逞しい腕に抱かれて眠れるなんて。

この一カ月、ヒースの屋敷で逢い引きしていて、閨事のあと短時間のうたた寝をすることはあっても、朝までなんてなかった。

「母上、ありがとうございます」

もう何度目になるかわからない、母への感謝の言葉を呟く。

二人の関係は黙認するが、まず五年は様子を見ると、ベアトリスから話があった。ジェニファーは

「五年も？」と怒っていたが、ロデリックは「五年でいいの？」と拍子抜けした。

十歳のときからずっとヒースだけを好きだった。これからもたぶんそれは変わらない。五年後に心変わりをしている自分など、想像できなかった。正直にそうこぼしたら、ジェニファーに呆れた顔をされたのは、なにかまちがっていたからだろうか。

とりあえず、五年間、ヒースとの関係が続いて仲睦《むつ》まじくしているならば、もうなにも言わないと母は明言してくれた。それまで、ロデリックは公務をこなしつつ、ヒースとの仲を深めていきたい。もしかしたら、いつかヒースと二人で暮らせるようになるかもしれない。ヒースが宰相職を引退するときは、ついていきたいと思っていた。

さすがにそこまでの話はだれにもしていないけれど。

そのとき寝室の扉が叩かれて、侍従が「オルムステッド卿がお越しです」と伝えてきた。

扉がゆっくり開くと、そこに宰相の制服を脱いだ私服のヒースが立っていた。宰相の屋敷で見た服装の上に、上着と防寒のコートを着ている。ヒースはその場で一礼したあと、コートを脱いで侍従に預けた。

扉を静かに閉めると、彼は静かに寝台に歩み寄り、ロデリックの前に立つ。

「殿下、参りました」

蠟燭の明かりに照らされたヒースを見て、ロデリックはあのはじめての夜を思い出した。あのときの、熱いときめき、切ないほどの幸福感、ヒースへの溢れる愛――。

「ヒース！」

ロデリックは飛び上がるようにして、ヒースの首にしがみついた。すかさず逞しい腕がロデリックの腰にまわり、抱き上げてくれる。そのまま寝台の上に下ろされ、二人は重なりあった。時間はたっぷりあるというのに、性急に唇を重ねて舌を絡めあう。くちづけを続けながら、ヒースは器用に上着を脱ぎ、タイを解き、シャツのボタンを外した。

露わになったヒースの胸に、ロデリックは遠慮なく両手を滑らせる。張りつめた筋肉の感触をてのひらで味わい、みずからの官能を煽《あお》った。いますぐにでも体を繋げたい衝動に駆られる。そう簡単にはできない自分の体がもどかしい。けれどヒースもおなじ気持ちだったのか、いったん体を起こすと手を伸ばし、潤滑油の小瓶を取った。

ロデリックがまとったガウンの腰紐《ひも》を解いたヒースは、剝き出しになった白い胸に一筋だけ、たらりと油を滴らせる。ほんのり冷たいものが乳首を覆い、ロデリックは「んっ」とかすかに呻《うめ》いた。

ヒースは油で濡れた胸を、指先で軽く揉《も》みはじめる。すでに興奮で尖《とが》っていた飾りは、ぬるぬると弄《いじ》られてまたたく間に赤く腫れた。

「あ、あ、ん、あっ、んんっ」

性交のたびにヒースにしつこく弄られていた胸は、もうすっかり性感帯のひとつになっている。ロデリックは期待通りの快感を贈られて、切なく悶えた。呼応するように股間に熱が集まり、欲望を募らせていく。ロデリックの体のしくみをだれよりもよく知るヒースは、胸を弄りながら股間にも油を垂らした。勃《た》ち上がりはじめた性器が、潤滑油に濡れてぬらぬらといやらしく光っている。

はじめての夜には無垢な色だったロデリックの性器は、度重なる逢瀬の結果か、ほんのわずか男らしく色づいてきていた。それでもまだヒースのものとは比べようもないほど幼い色と形で、そこをじっと見つめられるたびにロデリックはもやもやとしたものを抱えてしまう。

「ヒースも、脱いで」

まだズボンを脱いでいないヒースに命じる。すでにヒースの股間は膨張していて、布地がはち切れそうになっていた。片手でサッとボタンを外してズボンを脱いだヒースの足の間には、もう見慣れたものがそそり立っている。

ロデリックは体を起こし、膝立ちになっているヒースの股間に顔を埋《うず》めた。

「殿下」

制しようとするヒースの手をじゃまだと払いのけ、ロデリックは太々しい剛直を握りしめて、先端の丸みに舌を這《は》わせる。割れ目から滲み出てきた体液を、ちゅっとすすった。とたんに、ぐんと反りを増す性器の反応に気をよくし、ロデリックは夢中になって口淫した。

ヒースはロデリックに口淫するのは好きなくせに、自分にさせるのは躊躇《ちゅうちょ》する。だがロデリックはこの行為が好きだった。愛する男の大切な器官に奉仕する喜びが得られる。それと同時に、みずからも快感を得ることができるのだ。

執務が終わったあと、ヒースはいったん屋敷に戻って湯浴みをし、着替えてきたのだろう。一日働いたあとだというのに、体臭はほとんどなかった。それがすこし残念だ。

「ああ、とてもお上手になりましたね、殿下」

褒められて嬉しい。ロデリックのちいさな口ではとうていヒースの剛直を含みきれないから、幹の部分をせっせと手で擦《こす》りながら先端を吸ったり舐めたりした。次々と溢れてくる先走りの液を味わっているうちに、ロデリックの体はどんどん熱くなっていく。

「んんっ！」

ロデリックはびくん、と背筋を震わせた。ヒースの指が尻の谷間に滑りこんできたからだ。そこにも油が垂らされて、ぬめりとした感触とともに窄《すぼ》まりに指が入ってくる。とたんに口淫に集中できなくなり、意識が後ろの快感に囚《とら》われてしまう。

そこはもう、ヒースのための性器になっている。ヒースの性技が長《た》けているのか、それともロデリックの体が性交に向いているのか、初回から体を繋げることができていた。何度も逢瀬を繰り返すうちにロデリックはそこで確実にヒースを深い快楽へ導けるようになっていた。もちろん、ロデリック自身も気が遠くなるほどの快感を得られるようになっている。

指は二本、三本と増やされていく。ロデリックの窄まりはそれを難なく受け入れ、淫らに締めつけた。ぬくぬくとヒースの指がそこを出入りするたびに、ロデリックは悩ましげに背筋をくねらせる。その光景がヒースの目にどれほど官能的にうつっているかなど、考える余裕はない。ロデリックの手の中で、ヒースの性器がさらにぐっと膨れ上がった。

「殿下、もうよろしいでしょうか」

めずらしいことにヒースが先に音《ね》を上げた。ロデリックはふらふらしながら寝台に仰臥《ぎょうが》し、ヒースの体が重なってくるのを許す。両足を広げられた。愛する男の目にすべてを晒す羞恥がなくなることはないが、そのあとに待ち受けている快楽がどれほどのものかもう知っている。期待値の方が大きい。

慎重に挿入されるヒースの屹立《きつりつ》が、感じやすい粘膜をゆっくりと確実に擦っていく。

「あ、あ、あ……ヒース……おくまで、きて、もっと……」

満たされていく。空虚だったところに、求めていたものが、奥まで。

ヒースがすぐに動きはじめた。いつもならロデリックの体を気遣い、ゆるゆるとした動きから入るのに、今夜は荒々しい。それほど求めてくれているのだと、ロデリックは歓喜した。

「ああっ、あうっ、ヒース、あっあああっ、ヒース！」

「殿下、殿下」

激しく揺さぶられながら、くちづけられる。痛いほどに舌を吸われてロデリックは気が遠くなるほど感じた。なにかが体の中で高まっていく。大きくなって、大きくなって、いっぱいになっていく。

それが破裂した瞬間、ロデリックは泣きながら絶頂に達していた。ほぼ同時に腹の奥に熱いものが大量に注がれる。ヒースが腰を震わせながら抱きしめてきた。

「ああ、殿下……」

「ヒース……！」

指先まで快感に痺《しび》れてうまく力が入らない腕を上げ、ヒースにしがみつく。

ロデリックの瞳からはとめどなく涙が溢れた。体だけでなく、心も喜びに満ちている。

これからは隠れて会わなくてもいい。好きなときに、こうして自分の部屋で抱きあえるのだ。

「ずっとそばにいて」

「そばにいます。愛しています、殿下」

「僕も、愛している。あなただけだ」

泣きながら微笑むロデリックに、ヒースがどこか痛いような笑顔で返してくる。誓いのようなくちづけを何度もして、二人は深夜まで離れることなく抱きあった。


翌朝、ロデリックは帰ろうとしたヒースを引き留めた。

「まだ帰るな。朝食をいっしょにとろう」

「しかし、いったん自宅に戻って仕事へ行く支度をしなければ……」

「ここで食事をしていくくらいの時間はある。僕のそばにずっといると約束したのに、さっそく破るつもりか」

ただ、離れがたかっただけだ。ロデリックは深く考えていなかった。ヒースがなぜ急いで帰ろうとするのか理解できない。

激しく愛された名残で腰がふらつくロデリックだったが、なんとか踏ん張ってヒースを引き留め、朝の挨拶のために顔を出した老侍従長に「ヒースの分の朝食も用意してほしい」と命じた。ヒースと老侍従長が一瞬、目を見交わす。意志の疎通ができている感じがイラッとした。

「朝食くらいここで食べていけばいいだろう。なにか問題が？」

「いや、その……私がここで朝食をとると――」

ヒースが口ごもりながら話そうとするのを、老侍従長が「わかりました」と被《かぶ》せてきた。

「殿下のご希望通り、こちらにお二人の朝食をご用意いたします」

「ありがとう」

さすがロデリックが生まれる以前から王族の侍従をしているだけのことはある。なによりも王族の意思を優先する侍従長らしい決定だ。

「いいのか」

「いいのです。言い出したら聞きません」

こそこそと寝室の隅でヒースと老侍従長が話しているのがチラッと聞こえたが、ロデリックは侍従たちに手伝ってもらって服を着ていた。そのあいだに、別の侍従たちが寝台の敷布を剝がし、潤滑油の空き瓶を片付けている。

隣の部屋のテーブルに用意された二人分の朝食を見て、ロデリックは満面の笑みになった。愛する男と朝食をとる日が来るなんて、夢のようだ。

「ヒース、今後はこうして朝食をともにしよう」

「……わかりました」

「そうだ、泊まりに来るときは、いつも宰相の制服を持ってくればいい。ここから仕事に行けば時間が有効に使える。なんなら、予備の制服一式をここに置いておけ。侍従が洗濯係に回してくれる。僕としては、もう少し朝はゆっくりして二人の時間を楽しみたい」

「制服を……」

ヒースがちょっと遠い目になったり、発言が聞こえていた老侍従長が黙って首を左右に振ったりしたことに、「名案だ」とご機嫌なロデリックはまったく気づいていなかった。

◇

結局、事態はヒースの思惑通りになった。

第一王子の部屋にだれかが何度も泊まっているらしい、王子はそのだれかと親密な関係になったようだという噂がまことしやかに流れるようになるのに、一カ月もあればじゅうぶんだった。

その相手の正体が宰相のヒース・オルムステッドではないかと名前が挙がりはじめたのは、さらに一カ月後。ヒースは女王との約束があったので、噂を確かめたい重臣たちになにを尋ねられても沈黙を貫いた。

しかし、やはりロデリックは黙っていられなかったようだ。断り切れない夜会などに出席するたび、しつこく何人もの貴族に事の真相を問われる。最初は否定して、のらりくらりとかわしていたが、だんだん辛くなってきたのだろう。中にはヒースを「身分をわきまえず王族に手を出した不埒者《ふらち》」とか「なにも知らない殿下を籠絡した卑劣漢」と悪し様《あざま》に罵る輩もいたという。

「僕の相手がヒースだとしたら、どうだと言うのですか。僕が望んだのです。なにも悪いことはしていません」

人前でそう言い切ったらしい、とヒースは文官から報告を受けて、思わず笑ってしまった。

「私は幸せ者だな」

ヒースの呟きを聞いて、バートラムは苦笑する。

「殿下は本当に閣下のことを愛していらっしゃるのですね」

恋人の名誉を守ろうとした健気な王子が、ヒースはどうしようもなく可愛い。

ロデリックに夜会の予定があったので二日ほど間が空いた。今夜は呼ばれていないが自分から会いにいこうかと、仕事を続けながら愛《いと》しい王子のことを考えた。

あとがき

はじめまして、またはこんにちは、名倉和希《なくらわき》です。このたびは拙作「王子《おうじ》と宰相《さいしょう》　やり手宰相《てさいしょう》は初心《うぶ》で健気《けなげ》な王子《おうじ》の純愛《じゅんあい》に絆《ほだ》される」（長い…）を手に取ってくださって、ありがとうございます。なんと九十冊目の本になります。この記念すべき本に、逆月酒乱《さかづきしゅらん》先生にイラストをお願いすることができて小躍りするくらい嬉しいです。ありがとうございます。今後ともよろしくお願いします。

ロデリックとヒースの仲は、このあとじわじわと周囲に知られていき、結局は公認の仲になっていきます。そのうち一緒に暮らすでしょう。末永くいちゃこらしてほしいです。

双子の妹で王太子のジェニファーは、これから婿選びがはじまります。どうなるでしょうね。外見も中身も母親似なので、父親のような優男タイプを気に入りそうです。ちなみに隣国の不幸な王子イントッシュは、恋愛アレルギーなので色恋沙汰はありません。二度と母国には戻らず、たぶん植物学などの研究に人生を捧げるでしょう。

名倉はハッピーなBLを書くことに人生を捧げようと思っているので、これからもコツコツと書いていきます。作家というのは常に感想を欲しがっています。どうか一言でもいいのでください。よろしくお願いします。またどこかでお会いしましょう。

そういえば このあいだ
母上は数多いる王配候補の中から どうしても父上が良いと
周囲の反対を押し切ったって侍従長に聞いた
ヒースは知っていた?
当時私は官僚試験を控えた学生だったので詳しいことは存じ上げませんが
そのようなことは聞いています

――二十年前
ガリ
ガリ
ベアトリス殿下
陛下と揉めたようですね
父上は頑固だっ
もう私はディクソンに決めたというのに
ぷりぷり
殿下のご気性は陛下にそっくりです
なんだと？

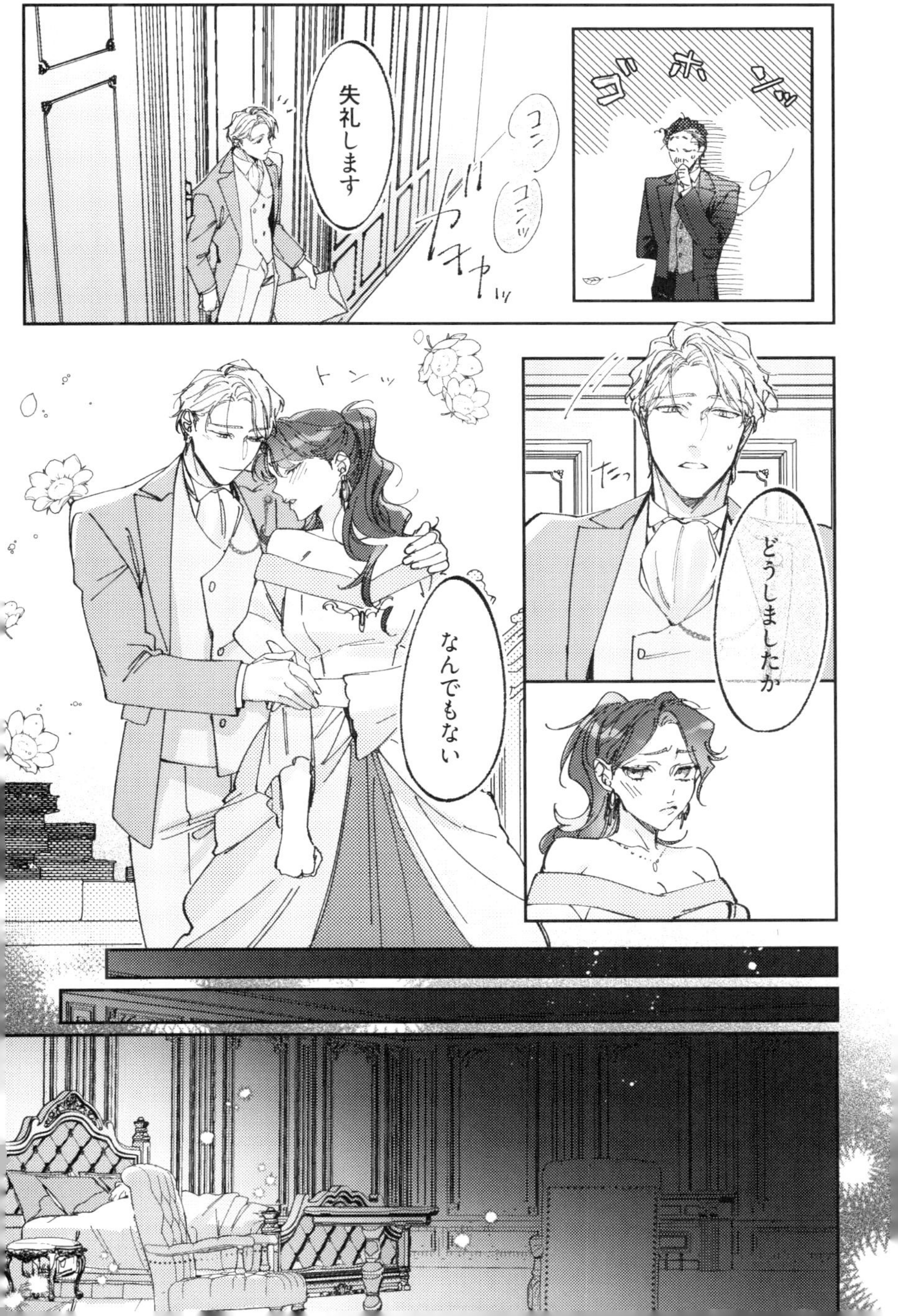
ゴホンッ
コンコンッ
ガチャッ
失礼します
たっ
どうしましたか
トンッ
なんでもない

よほど父上を気に入られたのだろうな
母上はこうと決めたら譲らない
ロデリック殿下は女王陛下によく似ています
え？ 父上似だろう？
………
…なんで笑うんだ
あっ
ギ
ドサッ

ギシッ
すり
チュ
チュ
んっ
はっ

リンクスロマンスノベル

王子と宰相の恋煩い　やり手宰相は初心で健気な王子の純愛に絆される

2024年10月31日　第1刷発行

著　者　名倉和希《なくらわき》

イラスト　逆月酒乱《さかづきしゅらん》

発行人　石原正康

発行元　株式会社　幻冬舎コミックス
〒151-0051　東京都渋谷区千駄ヶ谷4-9-7
電話03（5411）6431（編集）

発売元　株式会社　幻冬舎
〒151-0051　東京都渋谷区千駄ヶ谷4-9-7
電話03（5411）6222（営業）
振替　00120-8-767643

デザイン　kotoyo design

印刷・製本所　株式会社　光邦

／ISBN978-4-344-85499-4 C0093／Printed in Japan
幻冬舎コミックスホームページ　https://www.gentosha-comics.net